곤란한 결혼

타인과 함께 사는 그 난감함에 대하여

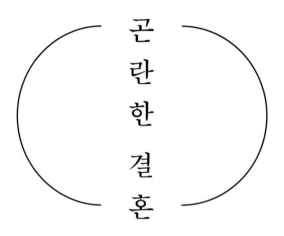

곤란한 결혼

박솔바로 —— 옮김

우치다 타츠루 —— 지음

민들레

이 책의 제목을 바꿔 단다면 '공생의 기술'이 적절하지 않을까 싶습니다. '곤란한 결혼'이라는 원제를 그대로 따르기로 한 것은 이 책이 '부부'라는 인간관계에 집중해서 공생의 기술을 이야기하고 있어서입니다.

인류가 지속가능한 삶을 위해 숱한 실험을 거쳐 보편적인 제도로 받아들이게 된 것 중 하나가 두 사람이 '부부'의 연을 맺고 가족을 이루는 것이지요. 학교라는 교육제도도 그 중 하나이구요. 때로 제도가 삶을 억압한다는 점에서 결혼과 학교제도는 닮았지만, 공동체가 지속되기 위해서는 그 힘을 빌지 않을 수 없는 것이 현실입니다. 둘 다 늘 위태위태한 상태에 있는 것도 비슷한 것 같습니다.

이 책을 읽게 될 독자 대부분이 십여 년 넘게 학교를 경험했을 것입니다. 그 못지않게 결혼생활을 하신 분들도 있 겠지요. 결혼생활을 흔히 인생학교라 하는 것은, '타인'과 어느 날 갑자기 '가족'이 되어 한집에서 부대끼며 사는 일이 그만큼 인생공부가 되기 때문일 것입니다. 하지만 학교를 다닌다고 해서 모두가 뭔가를 배우는 것이 아니듯이 결혼 을 몇 번 해도 아무것도 못 배우는 사람도 적지 않습니다. 결혼이라는 인생학교는 취학 기간이 딱히 정해져 있지 않 다 보니 혹자는 입학하자마자 뛰쳐나오고 혹자는 울며 겨 자 먹기로 수십 년을 다니기도 하지만, 취학 햇수가 실력을 보장해주지 않기는 마찬가지이지요.

흔히 결혼을 연애의 무덤이라 하지요. 마찬가지로 학교 는 배움의 무덤이라 말해도 그다지 틀리지 않을 것입니다. 그렇다고 결혼이나 학교가 무의미한 것은 아니지요. 결혼 생활에서 낭만적인 연애 감정을 기대해서는 곤란하듯이 학 교생활에서 가슴 뛰는 배움의 열정을 기대하는 것도 곤란 하지 않을까 싶습니다. 연애와 달리 결혼은 사회제도의 하 나이고, 학교 또한 그렇지요. 개인을 위한 것이기보다 사회 를 유지하기 위한 장치인 제도는 흔히 기득권자들에게 유 리하게 운용되면서 왜곡되곤 합니다. 그 점에서도 학교와 결혼제도는 다르지 않은 것 같습니다.

'백년해로'의 신화는 인생학교 입학식 날 훈화 말씀에 등장하는 말일 따름이고, 결혼생활은 대개 학교생활이 그러하듯 "숨막힘과 노여움, 좌절이 따르는" 것이 현실입니다. 알랭 드 보통의 말처럼 우리 인간은 독신이든 기혼이든 "행복을 누리는 재간이 썩 뛰어나지 않"은 것이 진실이 아닐까 싶습니다. 하지만 우치다의 말을 빌자면 그것은 우리가 너무 많은 것을 바라기 때문일지도 모르겠습니다. 보너스를 기본급으로 착각해서는 곤란하다는 거지요. 학교제도가 사실상 사회적 관계망을 만들어내는 장치이듯 결혼을 위기상황에 대비한 상호부조의 사회계약으로 본다면, 그 속에서 소소한 즐거움을 맛보고 뭔가를 배울 수 있는 것은 '덤'으로 여기는 것이 현명하겠지요.

스스로 '리버럴 보수'라고 말하는 우치다 선생은 곳곳에서 '오지랖 넓은 아재' 같은 면모를 보여주기도 하지만 전통적인 가정 예찬론자는 아닙니다. 확대가족을 만들자는 이야기를 곧잘 하고, 스스로 개풍관이라는 공간을 합기도 수련을 매개로 한 학습공동체로 꾸리고 있기도 하지요. 공동체를 유지하는 데 필요한 '공생의 기술'을 연마하고 사람들에게 전수하는 일에 평생을 바친 사람만이 할 수 있는 이야기가 이 책에 담겨 있습니다. 40여 년 합기도를 수련한 무도인이자, 첫 결혼에 실패하고 십 년 넘게 홀로 아이를 키워보기도 한 인생 선배의 이야기가 흥미진진합니다.

자칭 '보수保守'인 저자가 개혁보다 수선을 주장하는 보수補修주의자를 자처하는 것은 무도 수련 과정이 그렇듯이 "어찌해야 좋을지 모르는 위기 상황에서 자신에게 남아 있는 것을 소중히 여기는" 마음가짐이 몸에 배어 있어 그런 것 같기도 합니다. 자신에게 남아 있는 것과 상대방 덕분에 할 수 있게 된 것을 잘 버무려 새로운 가능성을 열 줄 아는 사람이 들려주는 이야기는 비록 '꼰대스러운' 구석이 있다 해도 귀 기울여 들을 만하다고 봅니다.

타인과 함께 살아야 하는 숙명을 타고난 인간으로서 함께 사는 기술을 익히는 데 이 책이 조금이나마 도움이 되었으면 합니다. 방학도 없는 인생학교이지만 배우는 기쁨을 맛볼 수 있다면 기나긴 학교생활이 좀 더 즐겁지 않을까 하는, 한 교육운동가의 노파심 같은 것이라고 이해해주시길 바라며.

2017년 여름

현병호

여러분 안녕하세요? 우치다 타츠루입니다.

이번엔 '곤란한 결혼'이라는 제목의 책을 보고 계십니다. 이 책의 제목은 원래 '저잣거리의 결혼론'이었습니다. 이 제목에 맞춰 원고를 다시 손보고 있었는데 다른 출판사에서 '곤란한 성숙'이라는 제목으로 인생 상담 류의 책을 출판했더군요. 그 책의 제목과 혼동한 합기도 제자 가운데 한 명이 "선생님의 '곤란한 결혼'은 언제 출판되나요? 빨리 읽어보고 싶어요"라고 하더군요. 주변에 있던 다른 제자들이 "그 제목 아닌데"라며 그를 나무랐는데, 저는 그걸 듣고 참 좋은 제목이라는 생각이 들었습니다. 그래서 그의 '착각'을 그대로 받아들여 제목을 바꾼 것입니다. 바로 그 '잘못 말한' 제목이 이 책의 내용인 '결혼과 결혼생활을 지속하는 일의 어려움'을 그대로 담고 있는 셈입니다.

물론 여성 독자를 주 타깃으로 삼은 주간지나 월간지에는 '결혼하기 힘들다'거나 '결혼생활이 고통스럽다'는 테마가 종종 특집기사로 등장합니다. 실제로 그렇습니다. 하지만 이처럼 '결혼하기가 힘들다' '결혼생활이 고통스럽다'는 일이 사회 전반에 걸쳐 일어난다는 것이 좀 이상하다고 생각되지 않나요?

결혼이라는 제도는 인류 역사의 여명기부터 존재해온 것입니다. 물론 제도 그 자체는 여러 형태로 변화해왔지요. 집단의 재생산이라는 본래 취지에 입각해서 생각하면 결혼은 '대략 누구나 할 수 있는 것'입니다. 그렇지 않으면 곤란하지요. 결혼을 못하는 사람들 혹은 결혼해도 금방 결별해버리는 사람들만 있다면 3세대를 못 가고 그 집단은 재생산불능 상태에 빠져 멸종해버리고 말 것입니다.

그러니까 결혼은 본래 '누구나 할 수 있는 것'을 기준으로 제도가 설계되어 있습니다. 오늘날 결혼의 어려움이 '지구의 자연환경을 보호하기 위해 추가적인 인류 증가를 막아야 한다는 사상에 근거해 내려진 생태학적 결단'의 결과일 가능성도 배제할 수 없습니다만 이처럼 스케일이 큰 논의는 아쉽게도 제 지적 역량을 뛰어넘기 때문에 다루지 않도록 하겠습니다.

결혼과 비슷한 것 중 하나가 학교제도입니다. 학교교육도 역시 수천 년 전부터 유사한 것들이 존재했지요. 아이들에게 동족의 성인들이 살아가는 지혜와 기술을 가르치는 일은 어떤 집단이나 해오고 있는 일입니다. 아무것도 가르치지 않으면 아이들은 굶어 죽거나 다른 종족의 침략을 받아 멸망할 것입니다. 어쨌거나 비참한 운명인 것은 마찬가지지요.

물론 아주 옛날의 학교는 오늘날 우리들이 알고 있는 학교와는 상당히 다른 모습을 하고 있었을 겁니다. 하지만 거기서도 '누구나 선생님이 될 수 있다'는 것은 마찬가지로 기본 전제였을 것입니다. 어느 정도 이상의 사회적 능력을 반드시 갖춰야 한다든가, 교사자격증이 있어야 한다는 규칙이 있었다면 그 조건을 충족시키는 인구가 그 집단 내부에 부족할 경우, 운 나쁜 아이들은 교육받지 못한 채 방치되었을 것입니다. 그런 사태는 용납될 리 없습니다.

'이것 없이는 집단이 유지되지 않는다' 하는 근원적이고 중요한 것은 '누구나 할 수 있다'는 조건하에 제도 설계가 되기 마련입니다. 저는 그렇게 생각합니다. 그러므로 가르치는 것도, 결혼하는 것도 아이들을 키우는 일도 '누구나 할 수 있는 일'이어야만 합니다.

제 눈에는 오늘날 결혼이 어렵다는 데는 그 근본적 생각인 '정말로 중요한 일인 만큼 누구나 할 수 있는 것이어야만 하는 것'이라는 인식이 결여되어 있다고 보입니다.

물론 '결혼은 쉽다'고 말씀드리지는 않겠습니다. 그 또한 말도 안 되는 소리이지요. 하지만 '결혼은 이렇게 여러 측면에서 어려운 일이지만 그것은 당연한 것이니까 별로 신경 쓸 필요가 없다'는 정도는 말씀드릴 수 있습니다. 이 책은 바로 이런 취지에서 쓰게 된 책입니다.

주위의 남성 기혼자들은 모두가 '곤란한 결혼'이라는 제목의 책이라면 꼭 한 번 읽어보고 싶다고 말하더군요. 본인들이 오죽 공감했으면 그러겠어요. 하지만 또 한편으로는 "하지만 그런 제목의 책을 거실 책꽂이에 꽂아두기엔 좀 곤란하겠어요. 와이프가 '이 책 뭐야? 나랑 같이 사는 게 그렇게 힘들어?'라고 따지고 들면 어떻게 해요?" 하며 겁에 질린 얼굴로 말하더군요.

과연 그렇지요. 어찌하면 좋을까요? 와이프에게 들키지 않도록 어딘가에 숨겨가며 읽으면 되지 않을까요? 게다가 와이프들도 '곤란한 결혼'이라는 책을 서점에서 발견하면 한 번쯤 읽어보지 않겠어요? 그리고는 남편들과는 다르게 이 책을 거실 테이블 위에 보란 듯이 올려두겠죠. 왠지 있을 법한 이야기 아닌가요? 이렇게 되면 한 집에 두 권을 팔 수 있어 매출도 두 배가 되겠군요.

이 책은 원래 몇 년 전에 어떤 편집자가 기획한 인터뷰를 계기로 쓴 것입니다. 그 편집자가 자신이 결혼할 때 답례품으로 책을 준비하겠다 해서 축하를 대신해 인터뷰에 응했습니다만, 그때 예정되어 있던 결혼 약속이 파기되었지요 (결혼, 확실히 어렵군요). 원고는 그대로 어딘가에 처박혀 있었더랬습니다. 그러다 얼마 전에 아르테스출판사의 스즈키 씨가 출간을 제안해 서재에 잠들어 있던 원고의 먼지를 털어 상당한 가필과 수정을 해서 지금의 책이 되었습니다.

젊은 독자들에겐 원래 원고로도 충분하다고 봅니다만 좀 더 나이 드신 분, 기혼자 분들, 결혼생활에서 나날이 '어려운 상황'에 직면하고 있는 분들에겐 다소 부족한 점이 있는 것 같아 가필할 때는 기혼 독자들도 상정하여 '힘든 결혼'을 버텨내는 방법에도 역점을 둬봤습니다.

그래도 지금 결혼을 앞둔 청년층이 맞닥뜨린 문제는 중대하고 심각한 것이라고 저는 생각합니다. 연장자들의 몇 마디 조언으로 그 불안감과 걱정이 사라질 리는 없겠지요. 어떤 의미에서 질문은 모두 똑같은 소리를 반복하고 있고, 제 답변도 사실은 똑같은 소리를 반복하고 있습니다.

그럴지도 모릅니다. 제 답변은 비유의 대상을 바꾸거나 다양한 구체적인 예를 열거하고 있지만 결국 한결같은 이야기를 늘어놓고 있는 셈이지요. 그러므로 독자 여러분들은 이 책을 어느 페이지부터 읽으셔도 상관이 없습니다.

제가 이 책을 쓴 이유는 결혼을 앞둔 사람들이 이 책을 읽고 결혼하고 싶다고 생각하게 되고, 이미 결혼한 사람들은 결혼생활을 좀 더 편하게 여길 수 있도록 하는 것입니다. 이러한 의도로 쓴 책이므로 '정답' 혹은 '오답'이라는 관점에서 판단하시면 곤란합니다. 독후감은 자신의 느낌에 달려 있는 것이지요. 아무쪼록 여러분의 결혼생활이 행복하기를 진심으로 바라는 바입니다.

이 책에서 제가 사례로 소개한 몇 쌍의 부부(물론 익명입니다만)와 그 가족들 여러분께 사과와 감사의 말을 전하고자 합니다. 또한 제 원고를 오랫동안 기다려주신 아르테스의 편집자 스즈키 시게루 씨와 후나야마 가나코 씨 두 부부에게도 늦은 사과를 올리는 바입니다.

그리고 마지막으로 이와 같은 결혼론, 가족론을 논하는 과정에서 일부 개인정보를 노출당한 제 딸과 아내에게도 너그러운 마음으로 용서해주실 것을 엎드려 구하는 바입니다. 부디 용서해주세요.

2016년 5월

우치다 타츠루

2

결혼, 왜 하는 걸까

3

의례와 가족제도

무도와 결혼

결혼을 축하드립니다.

신랑이 다니는 합기도 도장의 사범으로서 한마디 축하의 말씀을 드리고자 합니다.

'합기도를 하는 사람은 결혼생활도 잘할 것'이라고 저는 항상 제자들에게 말합니다. 그러므로 오늘 이 자리에 계신 신부님은 '결혼생활 잘할 남자'를 배우자로 만났다는 사실에 일단은 안심하셔도 좋다고 생각합니다.

무도 수행이 체력과 투지를 기르고 격투기 기술을 훈련하는 거라고 생각하는 분들이 있지만, 이는 무도 수행의 본래 목적이 아닙니다. 합기도뿐만 아니라 무도라는 것은 본래 '어찌하면 좋을지 모를 상황에 처했을 때 적절하게 행동할 수 있는' 능력을 계발하기 위한 프로그램입니다. 어찌하면 좋을지 모를 상황에서도 어찌하면 좋을지 아는 것, 이것이 무도인들이 추구하는 궁극의 경지입니다.

'어찌하면 좋을지 모를 상황'에는 여러 종류가 있습니다. 천재지변을 맞닥뜨렸을 때, 가까운 사람이나 사랑하는 사람을 잃었을 때, 사업에 실패하거나 병이 들었을 때 우리는 '어찌하면 좋을지 모르는' 상황에 처하게 되지요. 이럴 때 우리는 흔히 어찌하면 좋을지 모르는 채 방황하거나 기력을 잃곤 합니다.

하지만 이런 상황에서도 어찌하면 좋을지 아는 사람들은 '우선 무엇을 하면 좋을지'를 생각합니다. 이는 '잃어버린 것'이 몇 개인지 세는 것이 아니라 '아직 수중에 남아 있는 것'이 몇 개인지를 헤아리는 일과 비슷합니다.

소중한 것을 많이 잃어버린 후에도 여전히 우리에겐 '가치 있는 것, 소중한 것, 신뢰할 수 있는 것'이 꽤 남아 있습니다. 이것을 헤아려보고 이처럼 가치 있는 것이 아직 꽤 남아 있다는 사실에 일단 감사하기. 그리고 그것을 최대한 활용해서 새로운 것을 창조해내기. 이것이 '어찌하면 좋을지 모르는 상황'에서의 적절한 행동입니다.

무도는 이런 상황에 대처하는 심신의 능력을 높이기 위한 조직적 훈련입니다.

무도에서는 '적의 공격으로 인해 심신의 자유를 잃고 난감한 처지에 직면한 상황'을 초기 조건으로 설정합니다. 이것이 일단은 우리가 말하는 '어찌하면 좋을지 모르는 상황'입니다. 하지만 상대가 나를 베고 찌르고 메치려는 상황에서도 우리에게는 움직임의 자유와 선택지가 남아 있습니다. 이것이 '아직 남아 있는 가치 있는 것들'입니다. 이것이 남아 있다는 사실에 우선 감사하고 이를 최대한 활용하여 그 상황에서 새로운 것을 창조해내는 것, 이것이 무도인의 움직임입니다.

무도의 경우는 다행스럽게도 '상대'가 존재하지요. 상대는 나를 공격해 심신의 자유를 빼앗는 존재임과 동시에 나에게 완전히 새로운 움직임의 기회를 제공하는 존재이기도 합니다.

상대의 베고 찌르고 메치는 행위로 인해 나는 혼자서는 취할 수 없는 움직임을 취할 수 있게 됩니다. 상대를 딛고 올라가 누르거나, 상대를 축으로 삼아 예상치 못한 방향으로 회전하거나, 상대의 힘과 자신의 힘을 합쳐 두 배의 힘을 발휘하거나 하는 일들이 가능해지는 것이지요.

이처럼 '혼자서는 할 수 없지만 상대가 움직여준 덕분에 할 수 있게 된 것.' 이것은 '아직 남아 있는 가치 있는 것'이 아니라 '지금 상대가 나에게 보내준 선물'입니다.

무도에서 말하는 강인함이란 어떤 상황에 놓여 있을 때 '자신에게 아직 남아 있는 가치 있는 것'에 '지금 상대가 보내준 가치 있는 것'을 더해 이를 소재로 '완전히 새로운 것'을 창조하는 능력을 의미합니다.

이를 '임기응변'이라 불러도 좋고 혹은 선불교의 말을 빌려 '수처작주 입처개진(隨處作主 立處皆眞, 어디에 처하든 주인처럼 당당하면 곧 참된 것)'이라 해도 좋습니다. 어떤 상황에 내던져지더라도 마치 그 상황을 자신이 원해서 선택한 듯 당당하고 여유롭게 행동할 수 있는 경지를 무도인들은 추구합니다.

이제 왜 무도인들이 결혼 상대로 적합한지 여러분들도 아실 거라 봅니다.

결혼생활이란 건 어떤 의미에서는 '천재지변'이나 '정면충돌' 같은 상황의 연속입니다. 방금 전까지만 해도 기분이 좋던 아내가 무엇 때문인지 갑자기 마귀할멈처럼 변하는 일이 일상다반사입니다.

무도인들은 이런 상황에서도 결코 당황해서는 안 됩니다. '이럴 줄 알았다'는 식의 여유 있는 태도로 상황에 대처하고 우선은 수중에 있는 자원을 활용해 이 위기에서 빠져나갈 방법을 궁리합니다. 이를 위해 평소에 도장에 나와 연습하는 것이지요.

제 스승인 다다 히로시 사범은 "도장은 대기실이고 실생활은 본무대"라고 자주 말씀하시곤 합니다.

도장은 대기실입니다. 여기서는 아무리 실패해도 용서가 됩니다. 어떤 실험적인 일도 시도해볼 수 있습니다. '도장에서는 진지한 자세로 임하다가 도장에서 한 발짝 벗어나면 마음을 놓는 것'이 아닙니다. 그 반대입니다. 도장에서는 마음을 놓고 다양한 상황에 대응할 수 있는 심신의 능력을 계발하여, 도장에서 한 발짝 벗어났을 때 도장에서 배운 모든 기술과 지식을 동원하는 것입니다.

신랑이 앞으로 더욱더 수련에 매진해 그 성과를 행복한 결혼생활이라는 형태로 실현시켜주시기를 진심으로 바랍니다. 신랑신부의 행복을 기원합니다. 오늘의 결혼을 진심으로 축하드립니다.

1

결혼이 힘든 까닭

좋은 배우자감을 알아보는 방법

Q. 사귀고 있는 사람은 있지만 결혼해도 좋을지 판단이 서질 않아요. 이를 판단할 수 있는 좋은 방법이 없을까요?

해외여행은 결혼생활의 예고편

결혼 상대가 결정된 후, '이 사람과 결혼해도 정말 괜찮을까' 망설여질 때는 함께 해외여행을 가보세요. 금세 답을 얻게 됩니다.

해외여행에서는 어떤 형태로든 반드시 문제 상황을 맞닥뜨리기 마련입니다. 이는 검증된 사실이지요. 백 퍼센트 확률로 트러블을 겪게 됩니다. 이를테면 비행기 예약이 중복되었다거나 공항에 도착해보니 트렁크가 사라졌다, 택시 운전사가 먼 길로 돌아가 폭탄 요금을 맞았다, 호텔에 도착하니 따뜻한 물이 안 나온다, 이런 일들은 언제나 일어나는 일이지요. 해외여행 도중 트러블을 경험하는 것은 불가피한 일입니다.

물론 당신이 집사나 비서, 보디가드를 대동하고 일등석에 탑승하거나 개인용 제트기로 여행하는 사람이라면 이야기가 다릅니다. 달리 말하면, 그 정도의 돈을 쓰지 않고서 해외여행을 한다는 것은 트러블에서 자유로울 수 없다는 이야기입니다.

트러블은 반드시 발생하는 것이라 칩시다. 자, 여기서 배우자가 될 사람의 어디를 봐야 할까요? 문제 상황에 대처하는 자세가 중요합니다. 배우자로서 그 사람의 성격이 적나라하게 드러나는 법이니까요. 결혼식장에서 하는 맹세인 '아플 때도 궁핍할 때도'에 한 가지 더 '해외여행 중에도'를 추가하는 게 좋지 않을까 싶습니다.

'좋은 배우자감'은 이런 상황에 결코 당신에게 불만을 토로하지 않는 사람입니다. 당신 탓을 하지 않는다는 것이지요. 화를 내거나 얼굴을 일그러뜨리지 않습니다. 누군가를 책망하지도 않습니다. 이미 일어난 일이므로 "왜 상황이 이렇게 꼬인 거야?"라고 불평해도 아무것도 해결되지 않지요. 화를 내서 해결될 일이었다면 애당초 '꼬인 상황'은 발생하지도 않습니다.

날씨와도 같습니다. 불가항력이라는 거지요. 추운 계절

에 "으, 추워! 책임자 나와라!" 하고 말한들 무슨 소용이 있 겠어요? 추울 때 "책임자 나와"라고 윽박지를 여유가 있다 면 가방에서 손난로를 꺼내거나 목도리를 꺼내 두르는 게 맞지요.

예를 들어 여행 도중에 트렁크가 사라졌다면 우선 당장 필요한 물건이 무엇인지 생각해 리스트를 만들고, 어디에 가면 팬티와 잠옷을 살 수 있는지, 칫솔과 면도기는 어디서 얻을 수 있을지, 어떻게 하면 오늘내일을 '사람답게' 살 수 있을지 방도를 찾아야 합니다. 두뇌를 이쪽으로 회전시켜 이 난관을 어떻게 극복해야 할지 궁리하는 것이 필요하죠. 호텔 조식이 맛없다면 셰프한테 "맛이 너무 없는데요"라고 불평하기보다는 근처에 싸고 맛있는 식당이 있나 찾아보는 게 현명하지요.

정리하면, 해외여행 도중 트러블에 맞닥뜨렸을 때 "파리 에 오고 싶다고 한 건 너잖아? 항공사도 네가 원해서 선택 한 거고. 이 호텔도 어떤 잡지 보고서 마음에 든다고 멋대 로 예약한 거 아냐? 난 몰라, 다 네 책임이야!" 이렇게 남 탓만 하는 사람은 배우자로서는 불합격입니다. 이런 사람 과는 결혼하면 안 됩니다.

물론 이런 상황도 나쁘지만은 않습니다. 결혼하기 전에 '이 사람은 결혼 상대로서는 부적절하다'는 사실이 밝혀졌으니까요. 그것만으로도 본전 이상을 뽑았다고 생각하시면 됩니다.

이처럼 트러블에 휘말렸을 때, "뭐 그럴 수도 있지 않겠어?"라며 태도를 바꿔 낙관적으로 생각하는 사람은 마음속 어딘가에 항상 '모든 구름의 이면은 은빛으로 빛나고 있다(괴로움이 있으면 즐거움도 있다)'고 생각하는 사람입니다. 슬럼프에 빠졌을 땐 가급적 '구름의 이면'을 떠올려보세요.

트러블이 생겼을 때 이를 적절하게 처리할 수 있는 능력은 그 '곤란한 상황' 속에서도 '구름 이면의 은빛'을 발견해 내는 능력과 통하는 것입니다. 불만을 토로하면서 얼굴을 일그러뜨리는 것만으로는 곤란한 사태에 '적절히' 대응할 수 없습니다. 할 수 없다는 건 좀 과장된 표현일지 모르지만 실제로 대단히 어려운 건 사실입니다.

이미 일어난 일에 대해 중얼중얼 불만을 토로하기보다는 '다음에는 어떤 수를 두어야 할까'를 생각하기 위해 순간적으로 두뇌를 회전시키는 편이 트러블 해결에 훨씬 유리합니다.

해외여행을 가보시라는 건 여러분이 결혼 후 함께 살면서 맞닥뜨리게 될 무수한 트러블에 당신의 배우자가 어떤 식으로 대처할지 살펴볼 수 있는 '예고편'이기 때문입니다. 그런 상황에서 화내지 않고 차근차근 대처해 나가는 사람이라면 결혼해도 별 걱정 없을 겁니다. 다니던 회사가 문을 닫든, 부부 중 누군가가 큰 병에 걸리든, 자녀가 비뚤어지든, 지진으로 집이 다 부서지든 어떤 상황에서도 제대로 극복해나갈 것입니다.

어떤가요? 착각하시면 안 됩니다. 배우자를 고를 때 반드시 고려해야 할 부분은 '건강하고 돈이 있고 모든 일이 잘 풀릴 때 얼마만큼 행복해질 수 있을까?'가 아니라 '위기가 닥쳤을 때 얼마만큼 불행을 저지할 수 있을까?'를 생각하는 그런 '위기 내성'입니다.

> Q. 교제 중인 상대가 '좋은 부모'가 될 수
> 있을지 걱정이에요.

가정에서도 '직위'가 사람을 만든다

방금 자신 있게 답변 드린 내용을 번복하는 건 아닙니다만 결국 배우자는 결혼해보지 않으면 알 수 없다는 것이 사실입니다.

인간이라는 것은 '어떤 입장'에 놓여보지 않으면, 그 입장을 유지하고 그 입장에 어울리는 능력을 발휘할 수 있을지 여부를 알 수 없습니다. '직위가 사람을 만든다'고 합니다만, 그 직위에 올라가보지 않으면 그 직위에 요구되는 능력을 자신이 가지고 있는지 알 수 없다는 말입니다. 직장에서는 물론이고 가정에서도 그렇습니다.

저는 제 자식이 태어나기 전까지는 제게 '육아' 능력이 있다고 생각해본 적이 없었습니다. 언제나 어린 꼬맹이들과 어울리는 데 정말 서툴렀고 꼬맹이들도 저를 그다지 좋아해주진 않았지요. 그러니 제 자신을 대략 '애들이 싫은' 남자라고 인식해왔습니다.

하지만 자식이 태어난 이상, 할 건 해야겠지요. 그러니 기저귀를 갈아주거나 우유를 먹이거나 포대기에 싸서 업어주거나 하면서 여러 가지 할 일은 다 했습니다. 아이가 태어난 직후에는 단순히 의무감에 하던 육아활동이 생후 6주 쯤이었을까요, '아아, 이거 재미있네!' 하는 생각이 들기 시작했습니다. 오히려 너무 재미있어서 미칠 지경이었어요. 아이가 너무나도 귀여워서 흘러넘치는 애정을 주체할 수가 없었지요.

설마 저 자신 안에 '부성애'가 존재하리라고는 생각지도 못했는데 사실은 존재했던 것입니다. 저도 놀랐어요. 세대적으로도 부성애 따위는 근대의 가족 이데올로기가 만들어낸 정치적 환상이라는 설명에 친숙했으니, 실제로 부성애가 내면에서 폭발했을 때는 저 자신도 믿기 어려웠습니다.

　과연 '인간은 본능이 파괴된 생물'이라고 기시다 슈岸田秀 선생님이 언급한 바 있지만, 그건 단지 '파괴'되었을 뿐, 본능을 완전히 상실한 것은 아니지요. 자신의 DNA를 다음 세대에 전달하기 위해서는, 자기 DNA의 매개체인 자손에 대해 '이 아이를 위해서라면 죽어도 좋다'고 생각하는 생명체가 그렇지 못한 생명체보다 DNA를 남길 확률이 높습니다. 그러므로 '이 아이를 위해서라면 죽어도 좋다'고 자연스럽게 생각하는 본능이 있는 것이지요. 정말로요.

　물론 개인차는 있다고 봅니다. 전혀 이렇게 생각하지 않는 아버지들도 있으니까요. 그래도 그 본능이 완전히 소멸한 건 아니어서, 선천적인 부성애가 발동하는 사람과 그렇지 못한 사람이 있더라도 전혀 이상할 건 없습니다. 그리고 저는 우연히 '부성애'라는 것이 본능 속 어딘가에 파편 형태로라도 잔존해 있던 개체일 뿐인 거지요. 딱히 제가 개인적으로 노력해서 얻은 것이 아닙니다. 처음부터 존재했던 것이니까요.

　하지만 자신이 '부성애'라는 유전자적 성향을 지닌 개체인지 아닌지는 자식을 길러보지 않는 이상 영원히 알 수 없는 일입니다. 그러니 어떤 위치나 입장에 서보지 않으면 그 위치나 입장에 요구되는 능력이 자신에게 있는지 없는지는 알 수 없는 것이지요.

인간은 어떤 상황에 놓이면 잠재되어 있던 자질이 꽃피는 '스위치'가 켜집니다. 잠재능력이란 것은 누군가의 도와달라는 목소리를 듣는 순간 꽃피기 시작하지요. 혼자서는 잘해보겠다고 아무리 노력해도 결국엔 잘 안 되는 것이 이치입니다.

갓난아기는 부모가 먹이고, 입히고, 똥오줌을 치우는 일을 해주지 않으면 생존할 수 없기 때문에 온 힘을 다해 '도와주세요!'라는 시그널을 보내고 있고, 이에 대해 여하튼 반응을 해야만 하지요. 포유류는 다른 포유류의 갓난 새끼를 보면 종이 다르더라도 좀처럼 공격하지 않는다고 합니다. 본능이 그렇답니다. 게다가 암컷이라면 오히려 젖을 물려주기도 하지요.

짐승들조차 그러니 인간이 예외일 리가 없습니다. '도와주세요!'라는 외침에 반응해버리는 것이지요. 그렇게 아빠가 되고 엄마가 됩니다.

누구와 결혼하든
진짜의 나를 만난다

Q. 현재 교제 중인 상대와 결혼하면 저
자신답게 살아갈 수 없을 것만 같아요.

배우자가 바뀌면 당신도 바뀐다

결혼도 마찬가지입니다. 결혼함으로써 남편이 되고 아내가
됩니다.

그리고 배우자가 될 상대가 바뀌면 당신 안에서 피어나
는 자질도 달라집니다. 즉 당신 안에는 무수한 '끈'이 있습
니다. A와 결혼하면 이 '끈'이 당겨져 자신 안에 있는 이 끈
과 연결된 부분이 노출됩니다. B와 결혼하면 또 다른 '끈'이
당겨져 다른 잠재적 자질이 나타납니다.

다시 말해, 인간의 내면에는 여러 가지 타입의 '배우자
특성'이 잠들어 있다는 것입니다. 그러니 어떤 사람과 결혼

하더라도 '내가 원래 이런 사람이었던가?' 같은 의문을 품게 할 인격적 특성이 등장합니다. 다시 말해 배우자가 바뀌면 당신도 다른 인간이 되는 것이지요. 어떤 사람과 결혼하더라도 그때마다 '이 배우자가 아니었으면 나도 이런 인간은 아니었을 거야'라고 생각하게 되는 겁니다. 달리 표현하면 이는 배우자로부터 주어지는 '선물' 같은 것입니다.

제가 이렇게 말씀드리면 "그럼 내 안에 있는 가능성을 아낌없이 발휘해보고 싶으니 계속해서 배우자를 바꿔보는 건 어떨까요?" 하고 물을 사람이 반드시 있을 겁니다. 그런 분에게는 거꾸로 이렇게 묻고 싶어요. 당신은 자기 안에 자신이 아직 모르는 무수한 가능성이 잠들어 있다고 진심으로 생각하시냐고. 솔직히 그렇게 생각하진 않을 겁니다.

그런 말을 하는 사람은 지금 자신 안에 아직 발현되지 않은 '진짜 자신'이 잠들어 있다고 생각하고 있는 셈입니다. 그 '진짜 자신'은 지금의 파트너로는 발현되지 않으니 진짜로 자신에게 어울리는 이상적 파트너와 만났을 때 비로소 발현된다고 믿고 있는 겁니다. 그러니 그날이 올 때까지 잇따라 상대를 바꿔가며 '나를 찾아 떠나는 여행'을 할 수밖에 없다고 생각하는 겁니다.

그런데 말입니다. 사실은 자기 안의 잠재 가능성이라는 건 배우자가, 친구가, 환경이, 업무가 바뀔 때마다 새롭게 발현되는 겁니다. 그때마다 다르다는 것입니다. 여기 이렇게 다양한 '자신' 안에 어떤 특수한 조건에서만 발현하는 유일무이한 '진짜 자신'이라는 건 애당초 존재하지 않습니다. 이 다양한 모든 자신의 모습이 전부 동등하게 '자신'인 것입니다. 전부가 동격의 '자신'입니다. '가짜 자신'과 '진짜 자신'이 디지털 개념처럼 분리되어 있을 리가 없습니다.

업무를 척척 처리하는 자신이 '진짜 자신'이고 잠꾸러기처럼 낮잠만 자고 있는 자신이 '가짜 자신'이라고 할 수는 없습니다. 마찬가지로 예술영화를 보고 있는 것이 '진짜 자신'이고 할리우드 B급 영화를 보는 게 '가짜 자신'이라고 할 수는 없습니다. 그렇게 제멋대로 '자신'을 차별화, 계층화할 수는 없다는 것이지요. 전부 동등한 '자신'입니다.

그러니 어떤 배우자와 만남으로써 발현된 '자신'이 비록 불만스럽더라도 그것이 당신 '그 자체'라는 사실을 잊지 마세요. 굳이 진짜냐 가짜냐를 따지자면 '진짜'인 겁니다.

그러니까 "너와 함께 있으면 난 '진정한 모습의 나'를 발휘할 수 없게 돼. 미안하지만 나는 좀 더 진정한 모습의 나로 살아가기 위해 내게 어울리는 상대를 찾아 떠날게" 같은 소리를 하는 사람은 이미 그 순간 본성을 드러내고 있는 것입니다. 그야 그렇지요. 이게 그 사람의 '진짜 모습'일 테니까요.

이 결혼이 적절했는지 판단하기 힘든 이유

어떤 사람과 결혼하느냐에 따라 인생은 바뀝니다. 배우자가 달라지면 발현되는 '자신'도 달라집니다. 하지만 '날로 먹든 절여 먹든 삶아 먹든 구워 먹든 튀겨 먹든 가지는 가지'입니다. 그런 의미에서 발현되는 자신이 어떤 모습이든 '진짜 자신'인 것이지요. 그러니 결혼은 누구랑 해도 상관없으며, 어느 쪽이 좋고 나쁘다고도 말할 수 없다고 저는 늘 말씀드립니다.

어떤 사람과 결혼함으로써 등장하는 인격 요소는 다른 사람과 결혼했을 경우엔 아마 등장하지 않을 겁니다. 바로 그 때문에 결혼은 '일생에 단 한 번의 기회'인 것입니다. 남녀가 서로 만나 연애 관계가 시작된 단계에서 인간은 세상에 단 하나뿐인, 다시는 되돌릴 수 없는 길을 걷기 시작하는 것이지요.

저는 의사 친구의 추천으로 '비밀의 약'을 복용하고 있는데, 이따금씩 "그거 정말 효과가 있나요?"라며 의아한 표정으로 제게 묻는 사람이 있지요. 저는 "모르겠다"고 솔직히 대답합니다. 그도 그럴 것이 효과를 판정하기 위해서는 완전히 동일한 조건에서 살고 있으면서 '비밀의 약을 안 먹는 나'를 데리고 와서 그 '다른 나'의 건강 상태와 현재 나의 건

강 상태를 비교하는 수밖에 없잖아요. 물론 이건 불가능한 일입니다.

그러므로 엄밀히 따지면 건강을 위한 어떤 노력이나 의약품도 그것이 효과가 있다 없다 단정할 수가 없습니다. 다른 사람에겐 효과가 있을지도 모르지요. 수만 명을 대상으로 임상실험을 하면 통계적으로는 '상당히 효과가 있다'고 말할 수 있을지도 모릅니다. 그렇다 해도 그것이 나 자신에게 효과가 있을지는 여전히 모릅니다.

결혼도 이와 닮았습니다. '당신을 행복하게 해주는 배우자'라는 것도 통계적으로는 가시화할 수 있을지도 모르지요(연봉, 건강, 외모, 성격, 학력 등으로 말이지요). 하지만 그와 같은 통계에 근거해 '적합'하다고 판정된 사람과 결혼한다고 해서 반드시 행복해진다는 보장은 없습니다. 여전히 모르는 것입니다.

결혼이 적절했는지는 '이 사람과 결혼하지 않은 자신'을 데리고 와서 그와 현재의 자신을 비교하는 수밖에 없는데, 그런 사람은 세상 어디에도 존재하지 않습니다.

더 좋은 사람은 나타날까

Q. 좀처럼 마음에 드는 결혼 상대가 나타나
질 않아요. 어떻게 하면 제게 어울리는 좋
은 결혼 상대를 만날 수 있을까요?

"그렇게 고민할 거면 관둬라"는 타당한가?

꽤 오래 전, 오사카에 있는 여래사의 샤쿠 뎃슈 스님과 함
께 '프로젝트 사부리 신佐分利信'이라는 맞선 프로젝트를 진행
한 적이 있습니다.

사부리 신은 오즈 야스지로小津安二 감독의 영화 〈가을 햇
살 秋日和〉과 〈피안화 彼岸花〉에서 젊은 여성을 보면 "올해 몇
살이지? 오, 스물넷이라고? 그럼 이제 결혼해야 하지 않
겠니? 어때, 마침 좋은 사람이 있는데 한번 만나보지 않을
래?"라며 귀찮게 참견하는 아저씨 역을 맡은 배우입니다.

이런 참견쟁이 아저씨, 아줌마들이 우리 사회에서 자취

를 감추면서 청년층의 결혼 기회도 점점 줄어들고 있다고 생각한 제가 이 프로젝트를 제안했더니 샤쿠 스님도 흔쾌히 응해주셨습니다. 제가 총 여섯 번, 샤쿠 스님도 대략 같은 횟수의 맞선을 주선했습니다.

놀라운 사실은 이 모든 노력이 모두 실패로 끝났다는 것입니다. 스스로 '결혼하고 싶다'고 생각하는 사람들을 만나게 해주었는데도 결과는 꽝이었지요.

아무래도 여섯 번이나 실패하고 나니 더 이상 이런 방식이 통하지 않을 것 같다는 예감이 들었습니다. 마지막 여섯 번째는 소개한 여성의 모친으로부터 '거절' 편지가 오더군요. 소개한 남성은 학력, 직장, 인간성도 손색이 없다고 판단해 제가 추천한 건데도 본인이 결혼을 망설이자 그 모친이 "그렇게 망설일 거면 관둬라" 했답니다. 그 모친은 마치 자신이 결혼하기라도 하는 듯이 딸의 결혼 상대를 고르고 있었던 것이지요.

이 상황은 옛날과는 아주 다릅니다.

옛날에는 "망설이고 있다면 싫다는 건 아니구나? 그럼 결혼하는 거다? 괜찮지?"라며, 〈만춘晩春〉에 등장하는 하루코 같은 아줌마들이 결혼을 잇따라 성사시키곤 했지요(야스지로의 영화를 보지 않은 독자에겐 자꾸 낯선 비유를 들어 죄송합니다). 하지만 오늘날엔 아닙니다.

오늘날, "망설일 거면 관둬라" 하고 말하는 모친은 특히 여성 쪽에 많은 것 같습니다. 아마도 스스로 결혼에 대해 '끝내 이루지 못한 꿈'이 있어서 이를 딸에게 투영하고 있는 것이겠지요. 그러니 "이런 타이밍에 결단을 내려선 안 된다"고 말하는 것 아니겠어요? 기다리면 좀 더 조건이 좋은 결혼 상대가 나타날 거라고 생각하는 것이겠지요.

하지만 "망설일 거면 관둬라" 하는 것은 일종의 이데올로기라고 저는 생각합니다. 결혼은 "이 사람이다 하고 필이 꽂혔을 때 하는 거"라고 아무리 주장해도 실제로는 필이 꽂혔는지 어쨌는지 명확히 판단할 수 없습니다.

맞선이나 소개팅처럼 인위적으로 만들어진 자리에 응하는 것 자체가 아무래도 수동적인 행위라서 그런가 봅니다. 자기가 스스로 쟁취한 기회가 아니면 납득이 안 갈 수도 있지요. 무라카미 하루키의 단편소설 『4월의 어느 맑은 아침에 100퍼센트의 여자를 만나는 것에 대하여』에 등장할 법한 100퍼센트의 그녀(혹은 그)가 어느 맑은 날 아침에 도쿄 하라주쿠의 골목길이라도 걷고 있을 거라 생각하는 건 아닐까요?

물론 그런 100퍼센트의 그녀(혹은 그)가 나타나도 나쁠 건 없지요. 실제로 나타날지도 모릅니다. 말 한마디 걸 수 있을지도 모릅니다. 그녀(혹은 그)가 무시하지 않고 반응해줄

지도 모르지요("예? 무슨 일이시죠?"라며, 이상한 사람을 쳐다보는 얼굴로요). 그 후 설령 연애 관계로 발전한다 쳐도 결혼에 골인할 수 있을지는 아무도 모르는 일입니다.

결혼, '해버리면' 대략 비슷한

옛날 어머니들은 "좋은 혼처가 있으니 빨리 결혼해라. 이제 너도 서른이니" "남자들은 다 똑같다" 하며 결혼을 재촉하는 것이 일반적이었습니다.

이는 확실히 일리 있는 말입니다. 물론 남자들은 A부터 Z까지 천차만별입니다만 이는 어디까지나 사회생활에서 드러나는 것일 뿐 가정생활에서는 그다지 차이가 없기 때문입니다.

이를테면 밖에서는 상당히 까다로운 협상을 성사시킨다거나, 어려운 회의를 척척 진행한다거나, 복잡한 알고리즘을 해석하거나, 5개 국어를 구사하는 남성이라 할지라도 집에 돌아가 샤워를 하고 반바지 차림으로 '꺼억' 대며 맥주를 마시고 있다고 상상해보세요. A든 Z든 외형적으로는 별 차이가 없지요. 밖에서 발휘되는 압도적인 사회적 능력이 가정에서도 발휘될 리가 없습니다.

오히려 밖에서 떵떵거린다고 가정에서도 떵떵거리는 남자보다는 밖에서 고생하는 탓에 집에서는 가족들에게 무엇 하나 불평 않고 미소 짓는 남자 쪽이 배우자로서는 마음 편합니다. 정말로요. 결혼, '해버리면' 남자들은 대체로 비슷합니다.

게다가 딸들에게 "좀 더 좋은 남자가 나타날 때까지 결혼을 서둘러선 안 된다"고 말하는 어머니들 역시 마음 한구석에는 '이대로 결혼 따위 안 해도 그만'이라고 생각하고 있을지도 모릅니다. 결혼하지 않고 독신으로 나이를 먹어가는 딸의 모습을 은근히 기대하고 있을지도 모릅니다. 자신의 결혼생활이 그다지 행복하지 않았던 탓에 '어차피 결혼해도 좋은 일이 일어나지 않는다'는 경험을 토대로 딸의 결혼을 무의식적으로 방해하고 있는 셈이지요.

저는 18년 동안 단둘이 지내온 딸이 하나 있는데, 딸애가 결혼하겠다고 하면 상대가 누구든 반대하지 않을 작정입니다. "그래, 그래, 누구든 좋으니 결혼하거라" 하고 말할 겁니다. 속으로 '이 친구는 좀 아닌 것 같은데…' 싶더라도 겉으로는 미소 지을 겁니다.

함께 지내온 18년 동안 부모가 자식들에게 가르칠 수 있는 것은 다 가르친 셈이니, 그 결과로 "저는 이 사람을 선택했어요"라는 자식의 통보에 "응, 그래" 외엔 달리 할 말이 없습니다. 딸이 그 남자를 선택했다는 것 또한 어찌됐든 제육아의 결과이기 때문이지요. 부모는 '이런 결과는 바라지 않았는데…'라고 말할 권리가 없습니다.

자기 평가와 사회적 평가

Q. 평생 결혼하지 못하는 사람들이 늘어나고 있고, 남성 다섯 명 중 한 명은 결혼하지 않는다는 통계도 있습니다. 이에 대해 어떻게 생각하시는지요?

사회적 훈련으로서의 혼담

독신으로 나이를 먹는 것은 유감스런 일이라고 생각합니다. 결혼생활은 특히 남자가 성장하기 위한 좋은 기회인데 그것을 경험하지 못한다는 것은 안타까운 일입니다.

예기치 않은 혼담 같은 '인연'을 소중히 하는 사람은 비교적 쉽게 결혼을 합니다. 주어진 상황에서 최선을 다하는 사람은 결혼에 대해서도 이것저것 까다롭게 조건을 달지 않습니다. '지금 쥐고 있는 카드만으로 어떤 전략을 구사할수 있을까' 하고 낙관적으로 생각하는 사람은 결혼에 대해서도 그다지 망설이지 않습니다.

거꾸로 미리 이것저것 조건을 달아 그 조건을 만족시키지 못하는 사람과는 결혼하지 않겠다는 사람은 좀처럼 결혼을 못합니다. 조건에 맞는 사람을 만나기도 어렵지만, 결혼 전에는 조건에 부합한 사람이라 해도 결혼 후 언제까지나 그 조건에 부합하리라는 보장이 없기 때문입니다. '연봉 1억 원 이상' 같은 조건으로 결혼 상대의 범위를 좁혔을 경우, 올해는 그 조건을 만족시켰더라도 다음해에도 그럴지는 알 수 없지요. 주가가 폭락하거나 세계적 수준의 전염병이 발생하거나, 본인이 질병에 걸릴지도 모릅니다. 세상에 어떤 일이 일어날지 알 수 없는 일이지요.

남편의 연봉이 급격하게 줄어든 뒤에 "내 인생이 어쩌다 이리 됐나" 한탄해도 소용없습니다. "당신, 병에 걸려 수입이 줄다니요. 이건 약속한 것과 다르지 않아요? 우리 이제 이혼해요"라고 말할 수는 없는 것입니다.

그도 그럴 것이 이는 처음부터 잘못된 발상입니다. 질병에 걸리거나 직업을 잃는 등 곤란한 상황에 처했을 때 서로가 돕기 위해 결혼을 하는 것이니까요. 결혼식장에서 주례 선생님이 말하지 않나요? "아플 때도 건강할 때도, 풍요로울 때도 궁핍할 때도"라고요.

솔직히 말해 자신이 건강하고 풍요로울 때는 결혼할 필요가 그다지 없습니다. 결혼하지 않은 상태가 가처분 소득도 많고 자유롭게 살 수 있잖아요. 건강하고 풍요롭다면 독신을 선택하는 것이 편한 길을 선택하는 것입니다.

결혼하길 잘했다고 생각하게 되는 것은 '아플 때'와 '궁핍할 때'입니다. 결혼이라는 건 그러한 인생의 위기를 타개하기 위한 안전장치인 것입니다. 결혼은 질병과 빈곤을 전제로 생각해야 하는 겁니다.

눈앞에 있는 사람보다 더 나은 상대가 있지 않을까? 여기서 결정해버리면 나중에 후회하지 않을까? 이런 생각은 "나는 이 정도 수준의 사람이 아니야. 내가 아까워"라는 자부심의 반증입니다. 지금 자신의 사회적 가치는 이 정도밖에 안 되지만 실제로는 이보다 나을 거라는 자기 평가와 외부 평가의 '어긋남'이 '이 상대와 결혼하기엔 내가 너무 아깝다'는 생각으로 이어지는 것이지요.

하지만 결혼 중매인이 내리는 객관적인 평가가 어떤 면에서는 꽤 정확할 수 있습니다. 본인의 사회적 능력과 인간적 성숙도를 객관적으로 진단한 후 "이 사람 정도면 당신도 그럭저럭 행복하게 살아갈 수 있을 것 같아요"라고 판단한 것이니까요. 그 외부 평가를 받아들이고 다소 과대 평가된 자기 평가를 하향조정 해보는 것도 나쁘지 않을 거라고 생각합니다. 혼담이라는 건 이와 같은 사회적 훈련의 기회이기도 합니다.

즉 결혼 상대 또는 그 가족을 보고 '이건 좀 아닌 거 같다' 싶은 생각이 든다면, 제3자가 볼 때는 당신이 '이런 사람'과 어울리는 배우자로 평가받고 있다는 점을 곱씹어볼 필요가 있습니다.

괴로움의 의미를 모르는 사람

Q. 친구 중에 일류대를 졸업했지만 첫 직장을 그만둔 후 새 직장을 구하지 못한 친구가 있어요. 그 친구는 지금 비정규직으로 저임금에 혹사당하고 있고 이성도 전혀 만나지 못하는 상태입니다.

일터가 괴로울 때

첫 직장을 그만둔 이유는 모르겠습니다만, 이런 회사에서 오랫동안 일하다가는 인생이 썩어버릴 것 같다고 실감했다면 깔끔하게 그만두는 편이 낫겠지요.

아침에 눈을 떠도 도저히 침대에서 못 일어나겠다거나, 일어났다고는 해도 배가 아프다거나, 직장에 들어서자마자 토할 것 같다면 곧바로 그만두는 편이 낫습니다. 신체가 '그만두지 않으면 병 걸린다'고 경고하는 것이니까요. 신체가 발신하는 경고음에 반응해주는 것이 생물로서도 올바른 선택입니다.

하지만 어떤 일이라도 '처음'은 상당히 괴로운 법입니다. 어디까지 자기 판단으로 처리해도 되는지 잘 모르니까 항상 불안하고, 상사나 선배한테서 "그건 잘못됐다"며 질책당하고, 고객들은 "허, 일 참 못하는 친구군!" 하며 혀를 차기도 하지요. 이는 어쩔 수 없습니다. 이와 같은 통과의례 시기는 반드시 있기 마련이고, 이 시기를 통과하지 않으면 '일 잘하는 인간'은 될 수 없습니다. 지적당하고 혼나는 시기는 어떤 직장에서도 일에 숙달하기 위해 반드시 거쳐야 하는 과정입니다. '지적당하는 건 못 참겠다'고 생각하면 어떤 업무에도 숙달할 수 없고, 어떤 분야에서도 프로가 될 수 없겠지요.

여기서 어려운 건 정확한 판단입니다. 자신이 느끼는 '참 괴롭구나'라는 신체적 느낌이 이대로 가면 '인생이 썩어버릴 것만 같은 상황'인지, '성장하는 데(삶의 질을 높이기 위해) 필요한 부하가 걸린 과도기'인지 잘 판단해야 합니다.

지금 정말 괴롭더라도 그것이 이대로 계속 괴로울 부정적인 과정인지, 앞으로는 점점 편해질 과정인지 현재의 느낌만으로는 사실 잘 알 수 없습니다. 과정인 만큼 경과를 추적하지 않으면 그 프로세스가 어디를 향해 가고 있는지 알 수 없지요. 이를 판단하기 위해서는 상당히 정교한 신체 감각이 요구됩니다.

직장을 그만두고 나서 '좋은 방향'으로 풀리는 사람과 '나쁜 방향'으로 풀리는 사람이 있습니다. 자신이 느끼는 현재의 '괴로움'의 의미를 아는 사람과 모르는 사람의 차이가 여기서 나타납니다.

'괴로움'의 의미를 모르는 두 가지 유형

자신이 지금 경험하고 있는 '괴로움'의 의미를 모르는 사람에는 두 유형이 있습니다.

하나는 '이 정도 괴로움은 성장 과정에서 겪기 마련'이라는 사실을 몰라서 모처럼 만난 성장의 장을 떠나버리는 사람. 이런 케이스는 무수히 많습니다. 또 다른 유형은 '여기선 인생이 썩어갈 뿐이니까 하루라도 빨리 빠져나가는 편이 낫다'는 생물적 직감을 믿지 않고 오기를 부려 직장을 그만두지 않는 사람입니다. 이 유형도 비슷하게 무수한 케이스가 있지요.

첫 번째 유형의 사람은 그 후에도 이직과 퇴사를 반복할 것입니다. 자신이 첫 직장을 그만두었을 때의 판단이 '적절했다'고 믿고 있다면, 그 뒤에도 비슷한 '괴로움'에 맞닥뜨렸을 때 또 다시 금방 그만둘 것입니다. 그만두지 않으면 말의 앞뒤가 안 맞으니까요. 과거에 자신이 내린 판단이 틀리지 않았음을 증명하기 위해서는 다음 직장도, 그 다음의 직장도 조금이라도 괴롭다고 판단되는 순간 그만둡니다. 그만두지 않으면 자신이 내린 판단의 일관성이 훼손될 테니까요. 인간이란 원래 그런 존재입니다. 자신이 과거에 내린 판단이 적절했음을 증명하기 위해서라면 미래를 희생하는 것도 가능하지요.

이는 연애에도 바로 적용됩니다. '별 볼일 없는 이성'에 빠져 호되게 당한 사람이 또 다시 비슷한 타입의 '별 볼일 없는 녀석'과 잇따라 연애하는 일은 자주 있는 일입니다. 이는 처음 만났던 '별 볼일 없는 녀석'과의 관계에 대해 '그래도 그 사람은 나를 독특한 방식으로 사랑해주었던 거야'라고 긍정적으로 생각하고 있다는 반증입니다.

사실은 '그 사람'이 나를 사랑해주었다는 사실을 증명하기 위해서는 '그 사람과 비슷한 사람'을 사귀는 수밖에 없습니다. '그 사람과 비슷한 사람'이 자신을 깊이 사랑해준다는 사실에 확신을 갖고 싶으니까요. 그리고는 또 다시 호되게 당합니다. 그러면서 이 고통스러운 경험도 '그건 그대로 독특한 사랑의 방식이었다'고 결론짓고 말지요. 그리고는 또 다음의 '별 볼일 없는 녀석'을 찾아 나섭니다.

프로이트는 결혼하자마자 남편이 병이 들어 간병하다가

사별한 경험을 세 번이나 반복한 여성의 사례를 언급한 바 있습니다. 아마 그녀는 첫 남편이 병약한 사람이어서 간병만 하다가 죽음을 맞이했을 때 '그건 그거대로 행복한 결혼 생활이었다'고 생각했을 겁니다. 그러니 자신의 판단이 틀리지 않았음을 증명하기 위해 두 번째, 세 번째도 '당장 죽을 것만 같은 남자'를 일부러 골라 결혼한 것이지요.

인간이란 그런 의미에서 상당히 '무서운' 존재입니다. 우리가 아는 차원을 넘어 훨씬 더 무서운 존재입니다.

신호를 포착하는 커뮤니케이션 감수성

다음으로 두 번째 유형의 '괴로움을 모르는 사람'으로 넘어가지요. 이런 타입도 '무섭다'는 점에서는 동일합니다. 몸이 '제발 그만해!'라고 비명을 지르고 있는데도 귀를 틀어막고 괴로움과 고통을 견뎌내며 일하는 사람입니다. 이런 사람은 필사적으로 노력하고 있기는 하지만 일을 하면 할수록 자신의 입장과 위치를 악화시켜 직장 환경을 나쁘게 만드는 사람입니다. 왜냐구요? 귀를 틀어막고 있으니까요.

일상적으로 우리 주변에는 무수한 '시그널'이 떠다니고 있습니다. 우리는 이 중에서 자신에게 의미 있는 것만을 선택해서 받아들이고 의미 없다고 판단하는 것은 받아들이지 않습니다. 이와 같이 '불필요한 정보는 배제하고 필요한 정보만 취하는' 필터링 기능이 인간의 커뮤니케이션 능력 밑바탕에 있습니다.

'칵테일 파티 효과'라는 심리학적 용어가 있죠. 수십 명의 사람들이 왁자지껄 떠드는 파티에서도 누군가가 자기 이름을 부르면 그 소리만은 확실하게 들리잖아요? 어찌 보면 꽤 이상한 능력이지요. 불필요한 정보는 차단해버리는 것, 그것이 인간의 능력입니다.

이러한 능력을 발휘함으로써 우리는 무의식중에 자신의 커뮤니케이션 환경을 정비하고 있습니다. '무의식중'이라는 것이 중요한 포인트입니다. 이를테면 '우렁각시'와도 같은 겁니다. 내가 잠든 사이에 우렁각시가 감자 껍질을 벗겨두었기 때문에 눈을 뜨자마자 감자 샐러드를 만들 수 있습니다. 이와 같이 기초 작업을 해주는 우렁각시 같은 기능이 얼마나 활발하게 작동하느냐에 따라 커뮤니케이션 능력의 격차가 벌어집니다.

그러므로 신체 감수성을 떨어트려 귀를 틀어막는 건 치명적인 실수입니다. '무의식중에 자신의 커뮤니케이션 환경을 정비하는 일'을 중단하는 것이기 때문이지요. 우렁각시에게 일거리를 주지 않는 것과도 같습니다. '파티 효과'가

작동하지 않는 것과도 같습니다. 그러므로 누군가가 자신의 이름을 불러도 못 듣는 겁니다. 이것이 가장 알기 쉬운 지표라고 보시면 됩니다.

만약 당신 주변에 직장생활이 괴롭다는 이유로 신체가 호소하는 시그널을 '꾹 참고 있는' 사람이 있다면(반드시 있을 겁니다) 그의 등 뒤에서 작은 목소리로 이름을 불러보세요. 잘 못 들을 겁니다. 용건이 있어 부탁을 해도 반응이 신통치 않을 겁니다. 몇 차례 반복해 용건을 전달하고자 해도 엉뚱한 답변만 되돌아올 뿐입니다. 또는 부탁한 것과 전혀 다른 결과가 돌아오곤 하겠지요. "내가 부탁한 건 이게 아닌데…" 하면 시무룩한 표정을 짓거나 화를 내기도 합니다. 이는 '심신이 호소하는 시그널에 귀를 틀어막고 있는 탓에 커뮤니케이션이 단절된 사람'의 전형적인 증상입니다.

일이 괴로워 꾹 참고 있기는 하지만 일을 시키면 상당히 잘 처리하는 사람을 본 적 있나요? 저는 없습니다. 일의 90퍼센트는 타인과의 커뮤니케이션입니다. 적절히 메시지를 주고받는 것이 '일을 하는 것'입니다. 적절한 커뮤니케이션이 불가능한 사람이 일을 척척 해낼 리가 없습니다.

작업 그 자체는 타인과의 커뮤니케이션을 차단해도 가능합니다. 하지만 작업을 시작할 때, "그럼 이것 좀 부탁할게요"라는 지시의 '이것'을 오해한다면 그런 일은 하면 할수록 시간 낭비입니다. '이것'이 무엇인지 이해하기 위해서는 충분한 커뮤니케이션 능력이 필요합니다. '귀를 틀어막고 있는' 사람에게는 그것이 불가능하지요. 부탁하지도 않은 일을 하고 부탁한 일은 하지 않습니다.

그러니 이런 방식의 삶을 지속하다 보면 점점 '일 못하는 사람'이라는 평가가 굳어집니다. 그리고 그 사람에게도 직장은 점점 더 '불편한' 장소가 됩니다. 그때 몸이 호소하는 "이봐, 이제 그만해줘"라는 지시에 더더욱 '귀를 틀어막는' 형태로 응수하면 더 이상 구제할 방법이 없습니다.

따라서 가장 중요한 것은 자신의 신체가 보내는 시그널, 타인이 자신에게 보내는 시그널을 정확히 이해하는 커뮤니케이션 감수성인 것입니다.

일을 금방 그만두는 사람, 과로사 직전까지 가도록 일을 멈추지 못하는 사람, 이 두 부류의 사람은 사실 같은 타입입니다. '시그널을 제대로 못 읽어내는' 점에서 같다는 겁니다.

그러므로 일이 괴롭다는 사람한테 "주어진 상황에서 최선을 다해봐"라거나 "서당 개도 삼 년이면 풍월을 읊는다는데" 같은 말은 별 의미도 없고 쉽게 먹히지도 않을 거라고 저는 생각합니다.

일을 '계속할지 그만둘지'는 좀 더 갈등해보세요. 기계적으로 '무조건 삼 년은 해봐야지 않겠어?'라든가 '조금이라도 싫어지면 바로 관두는 게 정답이지' 같은 단순한 기준으로 판단하지 않길 바랍니다. 고민하세요. 최대한 고민하십시오. 갈등하고 고민하는 과정에서 인간은 성장하는 법이니까요.

갈등은 생산적 프로세스

상담을 요청한 그 친구에 대해 얘기해보지요. 그 친구의 문제는 '갈등하지 않았던 것'에 있다고 봅니다. 정말 이대로 괜찮은 건지 좀 더 진지하게 고민할 필요가 있었던 겁니다.

갈등이라는 것은 대단히 중요합니다. 단순하고 알기 쉬운 정답을 요구하는 사람들이 세상에는 참 많습니다만 '어떤 일을 해야 하는가' '누구와 결혼해야 하는가' 같은 본질적 물음에 단순하고 일반적인 정답은 없습니다. 그때마다 유일무이하고도 특수한 경우이므로 진지하게 갈등해야만 합니다.

갈등이라는 것은 '자기만의 판단 기준'을 만들어내기 위한 생산적 프로세스입니다. 그 '갈등하는' 과정에서 가장 현실적인 해법이 나옵니다. 일, 연애, 결혼 모두 마찬가지입니다. 무엇이든 단순히 '오직 하나의 정답'을 추구하는 것이

능사가 아니라는 겁니다.

오직 하나의 정답만 고집하다가 전혀 문제를 해결하지 못하는 것보다 '정답이 무엇일까?' 하고 고민하다 정신을 차려보니 문제가 사라져버리는 흐름이 효율적이고 현실적이라는 것이 제 견해입니다.

'이 직장을 그만둘까 말까' 하며 하루하루 갈등하는 과정에서 점점 인간적으로 성숙해가고, 세상의 이치가 조금씩 보이기 시작합니다. 그렇게 되면 어느 날 '그래, 이렇게 할 수밖에 없겠다'라고 갑자기 생각이 정리되거나, '일이 꽤 재밌어져서 갈등이 사라졌다'는 느낌이 들기도 합니다. 정말이에요.

갈등이란 목구멍에 걸린 생선가시와도 같은 것입니다. 항상 신경이 쓰이는 법이지요. 하지만 인간의 신체는 그 생선가시를 녹여버리는 소화액을 끊임없이 분비하고 있기 때문에 어느새 생선가시는 사라져 버립니다. 생선가시가 소화액 분비를 촉진하는 하나의 원인으로 작용했다고도 볼 수 있지요.

현대인들은 '결정은 신속하게' 해야 한다는 강박에 사로잡혀 있습니다. 하지만 결단이 신속하다고 해서 좋은 결과를 가져온다는 보장은 없습니다. 중요한 일일수록 시간을 들여 고민하고 다양한 갈등과 모순을 전부 늘어놓고 '으음,

이건 좀처럼 결정하기 어려운 걸' 하며 머리를 싸매보는 것도 좋다고 생각합니다. 인간의 성장에 관한 것이라면 시간을 투자하세요. 자신이 성장하면 그때까지 존재하던 '모순'들이 더 이상 모순이 아니라는 걸 발견하게 됩니다. 모순되던 것들이 나름대로의 인과 관계를 맺고 있는 것이 보이기 시작합니다.

예를 들면 전쟁 포기, 국가 교전권 불인정을 규정한 일본 헌법 9조와 자위대의 존재는 일견 모순처럼 보입니다. 그래서 "자위대의 존재는 위헌이므로 해산시켜야 한다"는 사람과 "자위대를 합헌화하기 위해서는 개헌이 필요하다"는 사람이 있습니다.

하지만 헌법 9조를 일본인에게 선사한 것은 미국입니다. 일본을 군사적으로 무력화시키기 위해 미국이 '강요'했지요. 또 한편 자위대를 일본인들에게 선사한 것도 미국입니다. 동서 냉전의 후방 지원이 필요해졌기 때문이지요. 미국 입장에서 일본을 군사적으로 무력화하는 것이 최우선 순위의 정치적 과제였을 때는 헌법 9조를 제정하더니, 일본을 군사적으로 이용하는 것이 최우선 과제로 부상하자 자위대를 창설시켰습니다. 미국의 국익을 최대화하겠다는 문맥에서 보면 9조와 자위대는 전혀 모순 관계가 아닙니다.

모순처럼 보이는 것이 모순이 아닌 것으로 드러나려면

차원이 한 단계 올라가야만 합니다. 그때 비로소 '패전국 일본의 국익'과 '전승국 미국의 국익'이 상반된다는 다음 차원의 모순이 새롭게 드러납니다. 그리고 이에 대해서도 문제의 차수를 한 단계 올리면 이 두 가지 요소가 모순되지 않도록 어떤 외교관계를 구축해야 하는가에 대한 다음의 문제가 등장합니다. 이런 흐름이 반복되는 겁니다.

퇴사, 결혼 이야기에서 국제정치까지 이야기가 샜습니다만 제가 드리고자 하는 말은 딱 하나입니다.

"좀 더 고민하세요!"

2

결혼, 왜 하는 걸까

사회의 원리와 싸우기

Q. 결혼하고 싶지만 수입이 적어서 못하는 사람도 있고, 상대방의 재산이 적어 망설이는 사람도 있습니다. 저는 아무래도 어느 정도 안정된 미래가 보장되지 않으면 불안합니다.

결혼 문제는 고용 문제

현대의 결혼 문제는 사실 절반 이상이 '고용 문제'입니다. 결혼이 어려워진 원인 중 하나는 고용 상황이 악화된 것과 관계 있다고 단언할 수 있습니다.

일본의 현재 고용 상황은 완전히 국가 주도로 만들어진 상황으로, 청년층이 철저히 착취당하는 고용 환경이지요.

남녀고용기회균등법이라는 법률이 있습니다. 이를 남녀의 차별을 없애는 '정치적으로 올바른 법률'이라고 환영하는 사람들이 있었습니다만, 어째서 재계가 이 법률 제정을 서둘렀을지를 생각해보면 그다지 낙관적 태도를 취하기는 어려울 것입니다.

그 법률은 단적으로 말해 '저임금 고급 노동자의 대량 공급'을 노린 것입니다. 임금은 낮지만 일은 잘하는, 어떤 고용 조건이라도 받아들이는, 과로사할 때까지 일하는, 그런 임금노동자들을 대량으로 배출해내기 위한 구조인 것이지요. 그런 게 아니었다면 재계에서 지지했을 리가 없습니다.

전후 사회구조의 큰 변화에 남녀의 성 차이를 없애는 흐름이 있기도 합니다. 이 자체는 사회의 근대화 또는 합리화의 귀결이라고도 볼 수 있으니, 이를 시민들이 개인 자격으로 요구하는 것은 타당하다고 볼 수 있지요.

하지만 영리 기업의 경영자들, 수익을 늘리고 주주에 대한 배당을 최우선으로 고려하는 사람들이 일단 입을 열기 시작하면 사정은 달라집니다. 개인의 행복과 자유가 고려될 일은 없다고 보시면 됩니다.

남녀의 고용 기회를 균등하게 하겠다는 것은 지금까지 남성들에게 치중되었던 고용 기회를 여성들에게도 확대하겠다는 것인데, 쉽게 말하면 '한정된 구인 수에 구직자 수가 두 배가 되는 것'을 의미합니다. 고용자 입장에서 보면 보다 낮은 고용 조건으로 더 유능한 노동자를 채용하는 것이 가능해집니다.

그 징조로 남성과 여성의 사회적 행동과 가치관이 점점

비슷해지는 현상이 있었지요. 성별에 관계없이 너도나도 '돈과 권력, 명예'를 추구하기 시작했습니다. 욕망에 성차가 사라진 것이지요. 이는 자본주의 시장 입장에서 보면 대단히 환영할 만한 전개입니다. 노동자도 소비자도 규격화되어가고 있음을 의미하니까요.

노동자가 규격화, 표준화된다는 것은 '사용하기 편리하다'는 것을 의미합니다. 업무가 규격화되면 그 부문만 노동자를 대체하거나 외주로 넘기면 되는 겁니다. 즉, 임금노동자에게 "당신의 업무는 내일부터 A씨에게 넘길 테니 더 이상 회사에 나오지 않아도 됩니다"라고 쉽게 통보할 수 있게 됩니다. 규격화된 노동자라는 것은 '언제든지 바꿔 끼울 수 있는 노동자'를 의미합니다. 그러므로 사용자 측은 구직자들을 가능한 규격화·정형화·표준화하고자 하지요.

'노동력의 규격화'는 다른 말로 하면 '소비 행동의 규격화'를 뜻합니다. 노동자들이 닮아가기 시작하면 당연히 노동자들이 소비자로서 행동할 때의 패턴도 닮습니다. 비슷한 상품을 욕망하고 비슷한 유행을 좇게 됩니다. 이처럼 소비 행동이 비슷해질수록 판매자 측의 이익은 늘어납니다. 소비자들이 모두 '비슷한 것'을 욕망하게 되면 상품의 제조 공정이 간단해지고 제조 비용과 유통 비용도 절감됩니다.

소비자가 모두 비슷한 소비 행동을 취한다는 것, 즉 어떤 상품에 대한 욕망이 일시적으로 과열되어 주문이 쇄도하다가 시간이 지나면(그 상품의 재고가 바닥날 즈음) 욕망이 소멸하고 다음 상품에 대한 욕망으로 넘어가는 사이클의 반복이 자본주의 시장의 관점에서는 가장 바람직한 것입니다.

자본주의 시장은 노동자도 소비자도 규격화되고 정형화되기를 원합니다. 오늘날의 일본은(일본만의 이야기는 아니지만요) 이를 위해 사회제도가 설계되어 있습니다. 모두 비슷한 능력과 비슷한 욕망을 가진, 더 이상 구분하기도 어려운 노동자=소비자 집단을 지속적으로 창출해내도록 시장이 요청하고 있습니다. 학교교육도 매스컴도 광고도 모두 시장의 요청에 따라 움직이고 있지요. 이는 원리적으로 글로벌 자본주의의 필연적인 결과여서 개인의 노력으로 저항하기란 거의 불가능합니다. 지금 우리가 할 수 있는 건 어쩌다 이 지경이 되었는지 그 이유를 생각해보는 것입니다. 이유를 알면 나름대로의 대응이 가능합니다.

사회제도에 대해 생각해보기

결혼을 못하는 상황이라는 건 단적으로 말해 남자든 여자든 고용 조건이 악화되고 있는 탓에 하루 벌어 하루 먹고사는 상황에 처했기 때문입니다. 결국 결혼, 육아, 교육, 의료 같은 장기적인 경제적 부하를 감당할 자신이 없다고 생각하니까요. 그래서 결혼을 못하는 거지요. 하지만 이는 '만들어진' 상황입니다. 글로벌 자본주의가 기업의 수익을 최대화하기 위해 채택한 합리적 전략의 귀결인 것입니다.

물론 청년층 노동자의 허리를 졸라매면 단기적인 기업 수익은 증대하지만 청년층이 결혼하지 못해 출생률이 떨어지고 인구가 감소하면 한 세대가 지난 후에는 임금노동자도 소비자도 줄어들어 시장 그 자체가 소멸합니다. 단기적 안목으로 시장의 요청에 부응하면 장기적 안목에서는 인간도 시장도 소멸해 버리는 결과가 빚어집니다.

하지만 이런 사태를 글로벌 자본주의자들은 별로 상관하지 않습니다. 한 세대 후의 일은 안중에 없기 때문이지요. 당기 이익이 최대가 되어 당기 배당이 최대화되고 자신의 개인 자산이 지금 당장 증가한다면 미래의 일은 어찌되든 상관없는 것입니다. 그들은 정말로 이렇게 생각하고 있습니다.

이처럼 '오늘밖에 없는' 사람들이 오늘날의 사회제도를 만들고 운영하고 있습니다. 그 사람들은 청년층의 결혼 문제 따위는 안중에도 없습니다. 정말이에요. 출산이 불가능할 정도로 빈곤에 시달리고 있다는 소리를 들어도 "그럼 청년층을 재정적으로 좀 더 지원하자"고는 생각하지 않습니다. 노동력이 국내에서 공급되지 않으면 이민을 받아들이면 된다. 해외로 거점을 옮기면 된다. 국내 소비자가 줄어들면 해외시장으로 진출하면 된다. 이렇게 생각합니다.

이런 식으로 생각하는 사람들이 의도적으로 만들어낸 것이 오늘날 일본의 고용 환경이자 청년층의 결혼 환경인 것입니다. 그러므로 이런 상황에서 "좀처럼 결혼을 못하겠어요. 어떻게 하면 결혼할 수 있을 정도로 돈을 벌 수 있을까요?"라고 생각해도 결론은 원리적으로 달라지지 않습니다. 그도 그럴 것이 웬만큼 능력이 뛰어나고 높은 생활 수준을 유지할 수 있는 사람만 결혼할 수 있도록 제도가 만들어져 있기 때문입니다.

하지만 제가 드리고자 하는 이야기는 정반대입니다. 이렇게 만들어진 사회의 원리와 '싸우기' 위해 결혼하고 아이를 낳아 키우고 교육하겠다고 생각해야 합니다.

왜냐고요? 결혼하고 아이를 낳아 키우는 일은 생물학적 인간으로서 지극히 당연한 일이기 때문이지요. '예외적인 능력과 재능이 없으면 배우자를 찾지 못한다'는 규칙을 정해 놓고 게임을 한다면 인류는 이미 수만 년 전에 멸종했을 겁니다. '보통 사람이라면 누구라도 결혼할 수 있다'는 것이 기본값입니다. 적어도 인류의 탄생부터 반세기 전까지는 그랬습니다. 지금이 이상한 겁니다.

그러므로 사회제도를 계속 이 상태로 유지하면서 결혼해 행복해지기 위해서는 '개인이 어떤 노력을 해야 할까?'가 아니라, 보통의 인간이라면 누구나 결혼해서 유쾌하게 살아갈 수 있기 위해 '사회제도는 어떤 모습이어야 할까?'를 끊임없이 생각해야 한다는 것이지요.

안전한 공동체 만들기

Q. 그래도 제대로 된 직업 없이 기껏 월 120만 원 정도밖에 못 벌어서는 결혼 따위는 생각할 수도 없는 게 현실입니다.

고용 환경을 개선하는 일

그렇군요. 하지만 오늘날의 열악한 고용 환경을 주어진 현실로 받아들이고 이런 현실에 어떻게든 적응해서 '결혼하려면 자신을 어떻게 바꿔 나가면 좋을까'라는 식으로 문제를 설정하면 결혼은 더더욱 어려워집니다. 결혼이 어렵다는 현실의 밑바탕엔 고용 문제가 있습니다. 이에 대해 나름대로 이론 무장을 하지 않으면 대처하기가 어렵습니다.

고용 환경을 개선하기 위해서는 기업이 해외의 기관투자가들에게 필사적으로 지불하고 있는 주주 배당을 줄여 인건비와 제조 비용으로 돌려야 합니다. 쉽게 말하면 '생산성을 줄일' 필요가 있는 겁니다. 노동자의 고용 조건을 개선한다는 것은 결국 이런 겁니다. 생산성을 증대하는 일과 고용 환경을 개선하는 일은 원리적으로 양립할 수 없습니다.

'생산성이 높아진다'는 건 효율성이 높아져서 지금까지 열 명이 하던 일을 혼자서도 할 수 있게 되었다든가, 지금까지 국내에서 진행하던 업무를 해외의 초저임금 노동자에게 아웃소싱할 수 있게 되었다는 걸 뜻합니다. 이는 결국 고용이 사라진다는 얘기입니다. 생산성을 높이면서 고용을 창출한다는 건 원리적으로 불가능합니다.

이것이 '가능하다'고 말하는 사람이 있습니다만(비즈니스맨들은 대부분 그렇게 말할 겁니다) 그건 거짓말입니다. 그들의 주장은 '생산성을 높여 기업 수익이 늘면 이를 토대로 새로운 사업을 벌여 고용을 늘일 수 있게 된다'는 논리에 입각한 것이지만, 어차피 영리기업이 수익을 어디에 사용할지 외부에서는 제어할 수 없습니다. "생산성을 높였더니 기업 수익도 증대해 이를 전액 주주배당으로 돌렸습니다" 해도 "아, 그러세요?"라고 할 수밖에 없지요. 하지만 대박을 터트린 주주들이 집사, 가사 도우미, 전속 요리사, 개인 운전사를 추가로 고용한 것을 두고 '고용 창출'이라고 말하기는 어렵지요.

고용 창출은 오로지 '일손이 필요한' 산업 분야를 확대함으로써만 달성할 수 있습니다. 아무튼 일손이 필요한, 고양이 손이라도 빌리고 싶은 업종이 고용을 창출합니다. 고용환경 개선이라는 건 그렇게 고용을 창출함으로써만 달성할 수 있습니다. 그리고 이를 위해서는 '일손이 없어도 가능한 일'이 아니라 '가능한 많은 일손이 필요한 일'로 생산구조를 바꾸어가야만 합니다. 그 외엔 답이 없습니다.

지금 미국은 GDP 중 금융과 증권이 차지하는 비율이 최대치를 기록하고 있습니다. 하지만 이 분야는 고용을 창출하지 않지요. 왜냐하면 오늘날의 주식 거래는 인간이 아니라 컴퓨터에 입력된 알고리즘이 하는 일이니까요. 1초 동안 몇백 회의 속도로 거래가 이루어지고 있지만 여기서 번 돈은 투자가의 은행계좌에 들어갑니다. 대부분의 프로세스를 기계가 처리하고 있으니 고용이 늘어날 리 없습니다. 생산성 높은 사회를 지향하는 사람들은 결국 이렇게 자기 자신이 설 자리를 갉아먹고 있는 것입니다. 이젠 좀 눈치를 채 주었으면 합니다.

본래의 경제활동이란

애당초 경제활동이라는 건 국민국가의 틀 안에서 생각했을 때, 모두에게 고용을 보장해 다들 학교를 다니고, 결혼하고, 살 집을 마련하고, 의료서비스도 받을 수 있는 것을 목표로 하고 있습니다. 국민을 먹여살리기 위해 경제활동이 존재하는 것이지 경제활동을 위해 국민이 존재하는 것은 아닙니다.

경제활동이 활발해진 탓에 밥을 굶고 결혼을 못 하고 살 집을 못 구하고 의료서비스를 못 받는다면 이는 본래의 경제활동의 의미를 벗어난 것이지요. 뭔가 이상한 것입니다.

'국민경제'라는 말을 오늘날에는 정치인들도 경제학자들도 사용하지 않게 되었습니다만 1960년대까지는 이 말이 경제정책의 키워드였습니다. '소득 배가' 정책을 내세워 일본경제를 고도성장의 궤도에 올린 것은 이케다 내각이지만, 이를 정책적으로 리드한 것은 당시 재무부장관이었던 시모무라 오사무下村治입니다. 시모무라 장관은 '국민경제'를 다음과 같이 정의했습니다.

진정한 의미의 국민경제란 무엇인가. 이는 일본을 기준으로 생각하면 일본 열도에서 생활하고 있는 1억 2천만 명이 어떻게 먹고살아갈지에 대한 문제이다. 이 1억 2천만 명은 일본열도에서 생활한다는 운명에서 벗어날 수 없다. 이를 전제로 모두가 살아가고 있다. 이 중에는 외국으로 도피하는 자가 있을지도 모르지만 이는 예외에 불과하다. 모두가 4개의 섬으로 이루어진 일본 영토 위에서 생애를 보낼 운명인 것이다. 그 1억 2천만 명이 어떻게 고용을 확보해 소득수준을 올려 생활의 안정을 향유할 것인가. 이것이 바로 국민경제다. _시모무라 오사무 『일본은 잘못한 게 없다. 잘못한 건 미국이다』, 문춘문고, 1987년, 95쪽

그는 단순히 탁상공론을 늘어놓은 게 아닙니다. 왜냐하면 시모무라 장관은 전후 일본에서 가장 성공적인 경제정책을 제안하고 실시한 실천가니까요. 그 '가장 성공적인 경제정책'의 최우선 과제는 '일본 열도에서 생활한다는 운명으로부터 벗어날 수 없는' 동포를 먹여살리는 일이었지요.

하지만 이런 식으로 생각하는 사람은 더 이상 없습니다. 오늘날의 기업경영자나 경제학자들도 경제활동의 목적은 '개인 자산을 최대한 증대시키는 경쟁'이라고 믿고 있습니다. 이들은 모든 사회제도를 이 약육강식의 프로세스에 끼워 맞추면 가장 효율적이고 가장 생산성 높은 사회가 실현된다는 '이데올로기'의 신도들입니다.

기업의 당기 이익을 최대화하는 활동은 '국민경제'가 아니며, 애당초 '경제활동'조차도 아닙니다. 인간이 살아가는 목적이 그것이라고 믿는 사람들이 충혈된 눈으로 미친 듯

이 춤추는 주술의례와도 같은 것이지요.

이제는 이런 주술의례를 그만둬야 한다고 저는 생각합니다. 어쨌든 경제활동은 고용을 창출해 노동자의 고용 환경을 개선해 모두가 행복하게 살 수 있도록 운용되어야 하는 것입니다.

결혼이라는 리스크 헤지

반복해서 드리는 말씀이지만 현재의 경제 시스템에 자기 자신을 적응시킬 것이 아니라 모두가 결혼할 수 있도록 고용 환경을 정비해야 합니다. 이것이 일반론입니다.

하지만 현실적으로는 지금 결혼하고 싶은 상대가 있지만 돈이 없다, 이런 경우에는 오히려 결혼을 '해버리는 것'이 정답이라고 저는 생각합니다. 발상을 전환하는 겁니다. 돈이 없어서 결혼을 못하는 게 아니라 돈이 없으니까 결혼하는 거라고 생각하는 겁니다. 혼자보다 둘인 편이 생활비가 상대적으로 덜 듭니다.

저는 학창 시절 내내 룸메이트와 함께 생활했는데, 여럿이 함께 사는 쪽이 생활비가 덜 들고 생활의 질도 더 높아지기 때문입니다. 혼자서는 세 평짜리 방 하나밖에 빌릴 수 없는 돈이지만 둘이 합치면 욕실과 베란다가 딸린 방 두 개짜리 집을 빌릴 수 있습니다. 다섯 명이 하우스 셰어를 했을 때는 에어컨과 자가용까지 있었습니다.

게다가 혼자서 살면 병이 들거나 직장을 잃거나 예기치 못한 사태에 맞닥뜨렸을 때 순식간에 '위기' 상황에 빠져들지만, 둘이 살면 이런 상황을 피할 수 있습니다. 둘이서 동시에 입원한다거나 동시에 직장을 잃는 일은 확률적으로 대단히 드무니까요. 이러한 위기 상황이 동시에 일어나지만 않는다면 어떻게든 버틸 수 있습니다.

자신의 사회적 능력이 저하되고 있을 때는 파트너에게 도움을 받으면 됩니다. 상대가 슬럼프에 빠져 있으면 이쪽에서 도움을 주면 됩니다.

다시 말해 둘이서 함께 살면서 공동체를 만드는 일은 대단히 실리적인 안전보장이자, 리스크 헤지이기도 합니다. 오늘날의 일본과 같이 고용 상황이 불안정한 경우에는 혼자서 사는 것보다는 둘이서, 가능하면 더 많은 사람들과 함께 공동체를 형성해 상호 안전보장이 되는 시스템을 만드는 편이 현명하다고 저는 생각합니다. 이렇게 하는 것이 생존 확률도 높아지니까요.

어른으로 가는 관문

Q. 결혼하지 않는 사람들이 늘어나는 것은 왜 결혼을 해야 하는 건지, 결혼하면 정말로 좋은 건지를 모르기 때문이 아닐까요?

결혼해보지 않으면 모르는 것

결혼을 안 하거나 못 하는 사람이 늘어나고 있는 것은 개인 수준에서도 집단 수준에서도 유감스러운 일입니다. 결혼은 시민적 성숙을 위해 대단히 의미 있는 훈련의 장이며, '궁핍하거나 병들어 누웠을 때' 상호 부양의 안전망이기도 합니다.

늙거나 병들었을 때 도움을 받을 수 없는 사람들이 대거 등장할 경우, 그들에게 인간적이고 문화적인 생활을 보장하기 위해서는 막대한 사회적 비용이 들 겁니다. 그런 사람들을 오늘날의 일본사회는 조직적으로 길러내고 있는 셈입니다. '평생 비정규직' 같은 열악한 고용 환경에 사람들을 내몰아 인건비를 아껴서 단기적인 이익을 확보한 만큼의 대가를 전부 미래 세대에 떠넘기고 있는 것이지요.

장기적으로 안정된 고용을 창출하는 것이 국책 면에서 최우선 과제인데도 정부는 그와 정반대 방향으로 가고 있습니다. 그런 행정부에는 아무것도 기대할 수 없습니다. 스스로 할 수 있는 건 다 해봐야 할 겁니다.

이를 위해서라도 우선 결혼할 필요가 있습니다. 결혼을 못하는 첫 번째 이유는 아마 경제적인 어려움일 겁니다. '돈이 없어서 결혼을 못한다'는 사람들이 가장 많다고 생각합니다. 그래도 앞서 말씀드린 것처럼 오히려 '돈이 없으니까 결혼한다'는 판단도 가능합니다. '혼자서는 먹고살기 힘들어도 둘이라면 할 만하다'는 것은 제 경험상 틀리지 않습니다.

한 가지 더, '시민적 성숙을 위해 결혼한다'는 것도 일리가 있습니다. 물론 이 점에 대해 언급하는 사람은 없습니다만("저는 시민적으로 성숙하고 싶어요. 저와 결혼해 주세요" 하면서 프로포즈하는, 시민적 성숙도가 빵점인 인간과는 아무도 결혼해주지 않겠지요).

사실 결혼의 핵심은 거기에 있습니다. 결혼생활이라는 가장 작은 형태의 사회조직을 통해 우리는 공동체의 조직을 배우고 타인과 함께 살아가는 기술을 체득하는 것입니다. 사랑하고 소원해지고 신뢰하고 배신당하고 헤어지고 상처받고 치유하고 간호하고…. 이 과정에서 모두가 어른이 되어가지요. 제 오랜 친구인 히라카와 가쓰미平川克美가 말한 바와 같습니다(『나를 닮은 사람』을 읽어보세요). 자신의 온몸을, 알몸을 내던져 이러한 경험이 가능한 곳은 우선 가정입니다.

어른이 되고 싶다면 결혼을 하는 편이 낫습니다. 그래서 어른이 되면 자신이 결혼한 의미를 알게 됩니다. 결혼을 해보기 전에는 결혼의 의미나 유용성을 알기 힘듭니다. 단지 좋아하는 사람과 함께 아침저녁 뒹굴며 즐거울 거라는 정도의 생각밖에 안 들 겁니다. 하지만 '함께 뒹굴며 즐거운' 시기는 길어야 반 년, 짧으면 일주일 정도입니다. 그 이상의 의미를 결혼생활에서 찾아내지 못한다면 그 후의 일상은 단순한 '고역'의 연속에 지나지 않을 겁니다.

결혼을 하지 않은 대부분의 사람들이 내세우는 두 번째 이유는 '결혼하면 도대체 뭐가 좋은지 모르겠다'는 것이라고 생각합니다. 이것도 마찬가지입니다. 결혼하면 어떤 '좋은 일'이 일어날지는 해보기 전에는 알 수 없습니다.

그러니 그 '좋은 일'이 무엇인지 미리 제시해주지 않으면 결혼하지 않겠다, 결혼하면 '반드시 행복해진다'고 누군가가 보증해주지 않으면 결혼하지 않겠다, 이런 식으로 생각하기 시작하면 영원히 결혼할 수 없습니다.

인간은 결혼하고 비로소 어른이 됩니다. 어른이 되고서야 비로소 결혼해서 어떤 '좋은 일'이 있었는지 사후적으로 회고하면서 알게 됩니다. 결혼이란 건 이와 같이 순서가 뒤바뀌어 그 의미가 나타나지요.

결혼하기 전에 결혼의 의미와 유용성을 궁금해하는 사람들은 초등학교에 입학하기 전에 "공부하면 어떤 '좋은 일'이 있나요?"라고 묻는 애들과 닮아 있습니다. 만약 여기서 '좋은 일'이 있으면 공부를 하고, '좋은 일'이 없으면 공부를 하지 않겠다는 명분을 아이들에게 허락한다면 아이들은 여섯 살 수준에서 성장을 멈출 것입니다.

결혼의 의미와 가치를 결혼하기 전에 제시해 달라고 요구해도 정말로 소중하고 중요한 건 그 누구에게도 알려주기가 어렵습니다. 스스로가 발견하는 수밖에 없습니다.

더 행복해지기 위해서가 아니라

Q. 지금 사귀고 있는 상대와 결혼해도 행복한 결혼생활을 보낼 자신이 없어서 결혼하기가 망설여져요. 어떻게 하면 좋을까요?

생존 확률을 높이는 선택

결혼을 하면 행복해질 거라는 기대는 위험합니다. 지금보다 더 불행해지지 않기 위해 결혼하는 겁니다.

앞서 말씀드린 바와 같이 결혼이라는 제도는 '행복해지기 위한' 장치가 아니라 '리스크 헤지'입니다. 결혼을 앞두고 행복한 미래를 기대하고 있는 분들에게는 죄송스러운 말씀이지만, 좀 정 떨어지는 표현으로 말씀드리자면 '혼자 사는 것보다 둘이 사는 것이 생존할 확률이 높으므로' 인간들은 결혼하는 겁니다. 애당초 '행복해지기 위한 제도'가 아니라 '생존 확률을 높이기 위한 제도'인 것입니다.

7, 8년쯤 전 일본의 한 대기업에 다니던 독신 샐러리맨이 실직한 후 순식간에 노숙자로 전락해 잠자리로 전전하던 PC방에 불을 낸 사건이 있었지요(모두 다 잊어버렸을지도 모릅니다만). 저는 그 사람이 '실직'에서 '노숙자'까지 이르는 수순의 간단함과 짧은 '소요 시간'에 놀랐습니다. 그에게는 부모님이 물려준 아파트가 있어, 당분간은 아파트를 판 돈으로 생활했다고는 합니다만 그렇게나 빨리 몰락해 'PC방 난민'이 될 줄은 몰랐습니다.

그의 경우 리스크 헤지는 '부모님이 물려준 자산'입니다. 넓은 의미에서의 친족관계가 보통은 인간이 사회적으로 고립되는 것을 막아줍니다. 하지만 아마도 그의 경우는 삼촌 또는 숙모나 사촌과의 교류가 거의 없었을 거라고 생각합니다. '친척이니까 서로 도와야 한다'는 상호 부양의 의무를 느끼는 친척이 없었던 것이지요.

얼마 전까지만 해도 친척집을 방문해 "저 좀 도와주세요" 하고 부탁하면 도와주던 시절이었습니다. "하는 수 없구나. 그럼 2층에 다락방이 비어 있으니 당분간은 거기서 지내거라. 내가 하는 일 좀 도우면서 말이야. 여보, 이 녀석 밥 좀 차려주지" 같은 일은 1950년대까지만 해도 일본에서는 흔한 일이었지요.

큰아버지가 완수한 의무

제 아버지는 젊은 시절 만주로 건너가 20년 가까이를 보내
고 패전 후 일본으로 돌아오신 분입니다. 아무것도 없는 빈
손으로 아버지가 향한 곳은 맏형이 있는 홋카이도의 삿포
로였답니다. 홋카이도 정부청사의 공무원이었던 맏형네 집
에 잠시 동안 머물며 어느 정도 차림새를 갖췄다고 합니다.
그 후 여비와 당분간의 생활비를 받아 일자리를 찾으러 도
쿄로 왔답니다. 아버지가 맏형네에 들어가기 전에는 나가
사키에서 피폭당한 둘째형과 대학생이었던 막내동생이 잇
따라 맏형 집에 굴러들어와 그때마다 차림새를 갖춘 후 돈
을 받아서 떠났다고 합니다.

이 큰아버지는 집안의 상속인으로서, '동생들을 부양할
의무' 외에 아무것도 물려줄 것이 없던 아주 가난한 무사
집안의 장남이었습니다. 그 와중에도 이 의무를 아무런 군
소리 없이 완수한 것이지요. 제가 어렸을 적에 매년 정초가
되면 우치다 가문의 일족 모두가 맏형 집에 모였습니다. 거
실 한편에서 기모노를 입은 큰아버지가 동생들과 그 자식
들의 세배를 받으며 기분 좋게 술잔을 기울이시던 모습이
지금도 떠오릅니다. 어째서 큰아버지에 대해 가족들은 모
두 조심스러워 하는 걸까? 이것이 바로 '봉건적'이라는 거

구나. 저는 이처럼 회의적으로 생각했습니다만 나중에 큰아버지가 전후 곤란한 상태에 처해 있던 동생들을 위해 해주신 일을 듣고 가족들이 경의를 표하는 이유를 알게 되었습니다.

사실 이런 일은 어느 시점까지만 해도 일본사회에서는 '흔한 일'이었습니다. 친척 간에는 상호부양을 위한 네트워크가 있었지요. 물론 이런 네트워크는 대단히 귀찮은 것이기도 하지요. 진학, 취직, 결혼, 이사 등 뭘 하더라도 하나하나 '가부장'의 허가를 받아야만 했으니까요. 가부장이 "안 돼" 하면 정말 안 되는 겁니다. 그래도 자신이 하고자 하는 일을 하려면 집을 나와 상호부양 네트워크로부터 이탈하는 수밖에 없었습니다.

제 아버지는 "직장을 그만두고 싶다"고 했다가 반대에 부딪혀(아버지는 초등학교 교사였습니다) 가족으로부터 벗어나 만주로 건너갔습니다만 결국 그 후에 의지했던 곳 역시 우치다 집안의 먼 친척이었습니다. 만주에 있던 집안 사람들도 갑자기 굴러들어온 먼 친척 청년을 다소 귀찮았을지언정 서생으로 삼아 일자리를 찾을 때까지 먹여주고 재워줬던 겁니다. 그리고 전후에는 한 번 나갔던 부모님의 집(가부장은 할아버지에서 큰아버지로 바뀌었지만)으로 되돌아온 것이지요. 일자리를 잃고 무일푼이었던 아버지가 그럼에도 '노숙자'가 되지 않을 수 있었던 것은 친척들의 상호부양 네트워크가 작동했기 때문입니다.

안전장치로서의 결혼

'개인이 자립하는 것'을 방해한다는 가부장제의 결점을 물론 저도 잘 압니다. 하지만 그 반면, 가부장제는 '개인이 고립되는 것'을 방지해오기도 한 겁니다. 이건 인정할 수밖에 없겠지요?

결혼은 오늘날에도 잔존하고 있는 '친척 간 상호부양 네트워크'의 일부분입니다. 그 중 일부는 이 '상호부양 기능'을 그대로 이어가고 있습니다. 친척이란 건 딱히 이런 친척이 있으면 '나답게 살아갈 수 있다'든가 '행복해질 수 있다'는 등 개인적 행복을 위해 형성된 것이 아닙니다. 빈털터리가 되어 길거리를 헤맬 때 도움이 되는 안전망으로서 존재하는 것입니다.

결혼제도도 마찬가지입니다. 궁핍하고 병들었을 때, 혼자서는 생활을 이어나갈 수 없을 때도 배우자의 도움이 있으면 어떻게든 살아갈 수 있습니다. 파트너란 이를 위해 있는 거지요. 이것이 바로 결혼이 갖는 첫 번째 의미입니다.

질문에 답하겠습니다. '결혼생활이 행복할지 어떨지 모르겠다'는 건 당연한 겁니다(방금 말씀드린 것처럼요). 하지만 그 사람과 당신이 '궁핍하고 병들었을 때' 서로 의지할 수 있는 사람인지 아닌지는 지금이라도 알 수 있습니다. 실제로 형편이 어려워지거나 몸이 아파보면 더 확실히 알 수 있습니다. 그래서 세상에는 "제가 독감으로 쓰러져 열이 나는데 약도 없고 먹을 것도 없을 때 퇴근길에 감기약과 푸딩을 사다준 사람과 결혼했어요" 같은 케이스가 많은 겁니다. 그걸로 충분합니다.

3

의례와 가족제도

결혼식의 본질은 공개적 서약

Q. 결혼식은 돈도 많이 들고 해서 최근
에는 간단히 치르는 사람이 늘고 있다
고 해요. 그래도 역시 결혼식은 올리는
것이 좋을까요?

연애·동거와 결혼의 차이

어떤 일에도 의례는 필요합니다. 결혼식의 본질은 '서약'입
니다. 남녀 간의 결합이라는 사적인 일을 공개적인 장소에
서 발표함으로써 하객들 앞에서 약속하는 것이지요.

남녀가 서로 좋아해 같이 살고 섹스를 하는 것은 그 자체
로 '사적인' 일입니다. 그 상태로 아무리 오랜 시간이 흘러
주변 사람들이 그 사실을 알게 되더라도 '공적인' 것이 되지
는 않습니다.

연애·동거와 결혼의 차이는 바로 여기에 있습니다. 둘
의 관계를 공개적으로 서약하느냐 안 하느냐의 차이입니

다. 결혼하면 '아플 때도 건강할 때도, 풍요로울 때도 궁핍할 때도' 서로 사랑하고 도우며, '평생에 걸쳐 정절을 맹세한다'고 서약하는 건데, 사생활의 모습까지 하객들이나 주례가 알 리가 없지요. 부부의 건강 상태, 재무 상태, 생활 등 그 자리에서 이루어진 서약의 진위는 당사자 외에 그 누구도 검증할 방법이 없습니다. 당연한 이야기지요.

그럼에도 '주머니 사정' '건강 사정' '성생활' 같이 인간으로서 가장 사적인 것에 대해 "제대로 해보겠습니다"라며 사람들 앞에서 공적으로 다짐하는 것입니다.

이는 다시 말해 "저희 관계는 지금까지는 사적인 것이었지만 오늘부터는 공적인 것이 되었습니다. 그러니 저희들은 향후 '결혼생활 어떠세요? 잘 지내시죠?'라는 하객 여러분들의 질문에 (다소 이야기를 꾸밀지도 모릅니다만) 즉시 대답할 의무를 안게 되었습니다"라고 선언하는 것과 같습니다. "거 참 시끄럽네, 남의 일에 왜 이리 참견질이야?"라는 반응은 용납되지 않는다는 겁니다.

연애의 경우라면 상관없겠지요. 그렇게 차가운 태도를 취해도 말이죠. "요즘, 어때?" "너랑 무슨 상관인데?" 식이어도 괜찮습니다. 괜찮다기보다는 오히려 이것이 '기본값'입니다. 하지만 결혼은 이야기가 다릅니다. "글쎄, 음…"이나 "그럭저럭 굴러가고 있어" 같은 대답은 괜찮지만 '당신에게는 내 결혼생활에 참견하는 질문을 할 권리가 없다'는 식의 태도는 용납되지 않습니다.

군이 구체적으로 말할 필요는 없지만, "예, 힘든 부분도 있지만 즐겁게 살아가고 있어요" 정도의 답변은 해야만 합니다. 대략 "애는 아직 없어?"라는 질문은 다시 말해 "당신들 사이에는 정기적인 성행위가 이루어지고 있습니까?"와 같은 질문이니까요. '사적인' 관계에 대해서는 용납되지 않을 질문입니다.

비록 부부 관계라 하더라도 이런 종류의 질문을 하는 것은 예의에 어긋나는 것이며, 질문을 받더라도 "당신과는 아무런 상관이 없어요!"라고 거절해도 좋다는 생각이 최근에는 확산되고 있는 것 같습니다만, 제 견해는 약간 다릅니다. 이런 종류의 질문이 '사적인' 것이라는 것쯤은 모두가 알지만, 그래도 결혼을 했다는 것은 '이런 종류의 질문'에 대해서도 어느 정도는 공개적으로 대답하겠다는 것에 동의했음을 의미하기도 합니다.

그러므로 부부의 재무 상태, 건강 상태, 부부생활 등에 대한 정보 공개를 '세상 사람들'(넓은 의미의 '하객들')은 요구할 수도 있습니다. 이와 동시에 그들은 정보 공개에 응해주는 대가로 '부부가 곤경에 빠졌을 때는 기꺼이 도움의 손길을 뻗을 의향이 있다'는 의지를 표현하는 것이기도 하지요.

"여기까지 이야기를 들은 이상 더 이상 남 일 취급하기는 어렵겠어요. 부부가 처한 상황을 잘 알았어요. 이렇게 된 이상 도움을 드리지 않고서야…" 같은 흐름입니다.

이런 일은 '사적 관계'의 남녀에게는 일어나지 않습니다. 사적 관계의 남녀에 대해서는 그들이 어떤 위기에 처하든 "그건 당신들의 개인적인 일이잖아요? 저와는 아무 상관이 없어요"라고 해도 이를 비난할 수 있는 사람은 아무도 없습니다. 원래 그런 겁니다. '우리들의 관계는 공식적으로 승인된 관계입니다'라고 선언했을 때만 다른 사람들로부터의 지원과 조언을 기대할 수 있는 겁니다.

어째서 그 사람에게 끌리는가

무엇보다 중요한 것은 개인의 노력만으로는 결혼생활의 행복지수를 결정할 수 없다는 것입니다. 애당초 섹슈얼리티라는 것은 본질적으로 수수께끼이지요. 우리는 자기 의지로 성별을 선택할 수 없습니다. 이미 남성 혹은 여성인 상태로 태어난 것일 뿐, 자신의 성적인 경향은 생각, 감정, 가치관, 미의식, 의지 그 어떤 것으로도 바꿀 수 없습니다. 성적 욕망도 혼자만으로는 제어할 수가 없습니다.

어느 날, 이미 '전신이 성적 욕망으로 가득 찬 존재'로서의 자기를 발견하는 일은 있어도 그 이전의 '성적 욕망이 아직 없었던 자기'는 신체의 기억 속 그 어디에서도 찾을 수가 없습니다. 대략 '나僕'라는 1인칭 대명사를 사용한 단계에서 이미 '나는 남자다'라는 성적 구분 짓기는 완료된 것입니다.*

"성적 자기동일성이라는 것은 사회적으로 형성된 것으로, 선천적인 것이 아니다"라고 주장한 사람이 있습니다. 사실 저도 20대에는 이 주장을 신봉하고 있었지요. 실제로 이 주장을 실증하기 위해 제 딸애를 키우면서 실험해 봤습니다(지금 돌이켜보면 참 미안한 일이지요). 여자애라는 이유로 주위에서 선물로 주는 아동복은 분홍색이나 붉은색 계통의 '여자애스러운' 것밖에 없고 선물로 받는 장난감도 귀여운 인형밖에 없었지요. 지인들이 주는 선물부터 이런 식이니 당연히 딸애가 '강제로 여성화되어버리는 거구나'라고 생각해 저는 딸에게 '여성스러운 것'과 '남성스러운 것'을 골고루 사주었습니다. 데님 바지, 플란넬 셔츠, 트럭 장난감 등 부모가 남자애에게 사줄 법한 것들도 많이 사주었지요.

* 일본어에는 1인칭 대명사에도 남성과 여성을 구분 짓는 표현이 따로 있다. '보쿠僕'는 남성이 사용하는 표현이다. 여성은 '와타시私'라고 한다. _옮긴이 주

하지만 놀라운 사실은 딸애가 '남성스러운 것'은 쳐다도 보지 않았다는 겁니다. 조금도 관심을 주지 않더군요. 여섯 살 즈음엔 확고하게 "아빠, 아빠 취향에 맞춰서 나한테 '이런 옷' 사주는 건 이제 그만해 줘" 그러더군요. 물론 부모의 영향이란 건 사실 미미한 것으로 유아들도 외부 환경의 성 문화로부터 강하게 영향을 받아 성의식이 형성된다는 반론도 있을 수 있습니다만, 저는 경험상 이 주장에는 쉽게 동의하기가 어렵습니다.

어째서 이성에게 끌리는지, 혹은 성적 소수자들이 어째서 이성이 아닌 동성에게 끌리는지 그 이유는 당사자들도 모릅니다. 이런 문제는 개인의 자유의지에 따라 좌우되는 것이 아닙니다. 우리는 이미 남성화 혹은 여성화된 형태로 이 세상에 등장했습니다. 이를 사후적으로 바꾸는 일은 불가능합니다. 어째서 우리는 이렇게 남성화 혹은 여성화되었을까요? 성의 기원은 아무리 거슬러 올라가서 찾아보려 해도 영원히 찾을 수 없는 어둠 속에 있을 뿐입니다.

한눈에 반하는 사랑

그러므로 어째서 이 사람과 결혼하고 싶은지에 대해서도

논리적으로 설명할 수 있을 리가 없는 것입니다.

어느 날 갑자기 번개 맞은 듯 금방 빠져버리는 사랑이 있습니다. "4월 어느 맑은 날 아침, 100퍼센트의 그녀와 만나는 일"이 있다는 겁니다. '번개 맞은 듯한' 기분의 이유나 '100퍼센트'라는 산정 방식의 근거 따위는 누구도 설명할 수 없습니다. 결혼도 마찬가지입니다. '이 사람과 결혼할 것 같은 예감이 드는데'라고 생각했을 때는 이미 자신의 통제 영역을 벗어난 것입니다.

그래서 "저기, 갑자기 죄송한데요, 지금 당신을 보자마자 사랑에 빠져버렸어요. 저와 결혼해주시겠어요?"와 같은 '말도 안 되는' 제안을 하면 이외로 "네? 음, 무슨 소리인지는 잘 모르겠지만 참 재미있으신 분이네요"와 같은 호의적인 반응이 돌아오는 경우가 있지요.

실제로 이와 같은 찰나의 순간에 남녀가 함께 숙명적인 무언가를 느끼고 이야기를 나누는 일은 드물지 않습니다. 그렇다고는 해도 동시에 일어나지는 않습니다. 미묘한 시간차가 있지요. 남자가 먼저 무언가를 느껴 "저기…"라며 이야기를 꺼내려 할 때 놀란 여자가 남자의 얼굴을 찬찬히 보더니 꽤 진심이 있음을 직감적으로 느끼고 마음이 움직이는 전개는 우리 주변에서 흔히 있는 일입니다.

찰스 그로딘, 시빌 셰퍼드가 주연한 영화 〈갈등의 부부〉

(1972)는 바로 이런 이야기를 다루는 영화로, 신혼여행 중 우연히 만난 '100퍼센트의 그녀'와 번개를 맞은 듯 사랑에 빠져버리는 남자의 이야기입니다.

보통은 있을 수 없는 일이지요. 아무리 그래도 신혼여행 중인 걸요. 생전 처음 본 사람인 데다가 유부남에게 적극적으로 접근하는 시빌 셰퍼드(1972년 당시엔 '절세 미녀'였지요)가 어쩐지 매력적입니다. 이처럼 '말도 안 되는 소리'가 묘하게도 '말이 되는 소리'로 보여 이 영화는 참 인상적이었지요. 미국의 관객들에게도 이 스토리가 인상적이었던지 2007년에 벤 스틸러 주연으로 리메이크된 적도 있지요(미리 말씀드리지만 영화사에 남을 만한 명화는 아닙니다. 일본어 제목도 '두 명의 자신'이라는 의미 불명의 제목이고요. 저도 지금 위키피디아에서 검색해보기 전까진 제목을 잊고 있었습니다). 리메이크를 할 정도의 영화라고는 생각하지 않으면서도 저는 집 근처 DVD 대여점에서 이걸 발견하고는 무심코 빌려버렸지요. 리메이크 작을 보니 1972년 작과 완전히 같은 이야기였습니다. 찰스 그로딘이 훨씬 더 단정하고 무딘 아저씨 얼굴을 한 만큼, 묘하게 설득력이 있었지만요.

그렇습니다. '100퍼센트의 그녀'와 우연히 만났을 때는 남자가 아무리 무뎌 보이는 아저씨라도 그 '번개 맞은 듯함'은 상대도 이해할 수 있는 요소입니다. 상대방도 '아, 이 사람은 지금 날 본 순간에 '숙명의 사랑'을 직감했나 보구나'라며 알아준답니다. 알아줄 뿐만 아니라 약간 동정해주기도 합니다. '이 사람은 왜 이리 억지스러운 사랑을 하는 걸까'라고 생각하면서도 그 '순수함'에 마음이 움직이는 것이지요.

상대가 자신에 비해 신분, 학력, 교양, 용모 모든 게 영아니거나 가난하고 바보인 데다가 기혼자라 할지라도, 즉 사랑이 이루어질 가능성이 절망적으로 낮으면 낮을수록 오히려 구애자의 '절박함'이 두드러지는 법입니다. '아, 이건 순수한 사랑이야! 때 묻지 않은 진짜 사랑이야…'라고 상대방이 생각해주는 것이지요(가능성이 0퍼센트는 아닙니다).

가만 생각해보면 참 멋진 일 아닌가요? 번개 맞은 듯한 사랑은 상대방의 마음을 독특한 방식으로 움직입니다. 여기에는 손익을 계산하고자 하는 생각이 없으니까요. 애당초 단순히 '보기'만 했을 뿐이니까요. 상대의 이름, 직업, 학력, 가족 구성, 지병 등 아무것도 모르는 단계에서 맞은 '번개'니까요. 그리고 무라카미 하루키 단편소설처럼 '아아, 지금 100퍼센트의 그녀와 만났는데…'라고 생각하면서 뒷모습을 바라보고만 있는 것이 아니라 용기를 내어 "저기 잠깐 시간 되세요?"라고 말을 걸게 되는 것이지요.

이거 말이 쉽지 상당한 용기가 필요합니다. "당신 미쳤나

봐요?"라며 코웃음칠 확률이 99퍼센트인 '불길' 속으로 뛰어드는 행위와 같으니까요. 하지만 실제로는 "네? 무슨 일이시죠?"라는 답변을 받을 확률이 "보는 여자마다 헌팅하려는 실없는 놈이네"보다는 높습니다. 이 사람이 '인간의 존엄을 잃어버릴 리스크가 대단히 높은 일의 첫 단추를 끼웠구나'라는 것이 상대에게도 전해지기 때문입니다.

의례가 중요한 이유

결혼도 이와 같은 이치입니다.

갑자기 결론부터 말씀드려 죄송합니다만 보통은 둘이 동시에 '이 사람이야말로 나의 반려자구나!'라고 생각할 만한 장면은 거의 나타나지 않습니다. 반드시 '시간차'라는 것이 존재합니다.

하지만 거꾸로 말하면 시간차가 있을 뿐입니다. 한쪽이 '이 사람이 바로 내 숙명의 상대'라고 생각하기 시작하면, 그 생각이 아무리 객관적인 근거가 빈약할지라도 그 깊은 진심은 상대방의 마음을 반드시 움직이게 마련이기 때문입니다. 사랑의 번개는 전염성입니다. 이 또한 우리들이 남성화 혹은 여성화되었을 때 주입된 하나의 기제입니다. '나를 보고 번개에 맞아 덜덜 떨고 있는 사람을 봤을 때, 가능한 열린 마음으로 대해주자'는 룰을 우리들은 (개인차는 있습니다만) 나름대로 내면화하고 있습니다.

번개를 맞는 것은 개인적인 사건이지만, '번개를 맞은 사람에게 관심을 받으면 가능한 친절하게 대해주자'는 것은 공적인 룰입니다. 인간이 이와 같은 룰을 내면화하고 있는 편이 원활하고 적절한 친족 형성 행위를 가능케 한다고 생각합니다. 그만큼 사람들이 집단적으로 생존할 기회가 높아지는 것이니까요.

이와 같은 기제가 어느 정도 신체에 내면화되어 있지 않으면 흔히 말하는 '혼혈'이라는 건 있을 수 없습니다. 언어도 종교도 생활습관도 식문화도 전혀 다른 종족이 서로 만났을 때, 어느 한편이 먼저 죽거나 노예가 될 때까지 싸우거나, 어찌어찌하여 평화롭게 공생하거나. 이 둘 중 어느것을 선택할지에 대한 문제이지요. 통계적으로 봤을 때, 집단적인 생존전략으로는 후자가 보다 적절합니다. 이와 같은 경향이 강한 집단도 있는 반면, 약한 집단도 있습니다. 하지만 어떤 집단이든 저마다 '공생 전략'은 가지고 있기 마련입니다.

처음 마주친 순간 그 사람이 어느 나라 사람인지, 어떤 언어를 구사하는지, 어떤 신을 믿고 있는지, 무엇을 먹는지 이런 건 아무런 상관이 없고 '어쨌든 이 사람과 함께 있고 싶다'고 생각하는 것, 이는 공생의 측면에서는 대단히 뛰어난 전략입니다. 이에 따라 서로 다른 종족 간의 혼인관계도 성립하여 두 집단의 피를 이어받은 아이가 태어날 가능성이 생기기 때문입니다. 이런 흐름이 몇 세대 동안 지속되면 공생하던 집단은 결국 '하나의 집단'이 됩니다. 호기성 세포와 진핵 세포가 공생하여 미토콘드리아가 되는 것처럼 말이지요. 농담이 아니라 저는 진짜 이렇게 믿고 있습니다. '번개에 맞는 것'은 미토콘드리아가 발생하는 원리이기도 합니다. 그러니 우리들은 이 이치에 저항할 수 없는 겁니다. 약간 과장해서 표현하자면 결혼은 사적인 사건이 아니라 '사회적 사건'인 겁니다.

상대가 누군지 잘 모르는 단계에서 사랑에 빠져버렸다는 사람과 '상대가 어떤 사람인지 잘 모르는 단계에서 사랑에 빠질 수 있는 사람'을 매력적이라고 생각하는 사람이 서로 만났을 때 결혼이 성립하는 겁니다. 그러므로 처음부터 개인적인 사건은 아닌 것이지요. 성과 생식이라는 건 생명의 역사에 기원을 둔 것입니다. 그러므로 우리 힘으로 제어할 수 있는 일이 아닙니다.

이를 위해 결혼식을 올려 하나님과 부처님을 '주주株主'로서 초대하는 것이지요. '기도'하는 것이 중요하다는 겁니다. '제 힘만으로는 도저히 어찌해볼 수 없으니 부디 제게 축복과 가호를 내려주세요' 하고 부탁하는 것은 타인과 사랑에 빠지고, 함께 있고 싶은 열정의 기원을 아무도 모르기 때문입니다. 이는 신에게만 허락된 영역입니다. 그러므로 결혼식에서는 인간성의 기원에 대해 인간은 아무것도 모른다는 사실을 한 번 더 가슴에 새기기 위해 신의 이름을 외치는 것입니다.

현재의 나로부터 한발 내딛기

Q. 딱히 신앙심이 있는 건 아니지만 바다나 산 같은 대자연 앞에 서면 제 존재를 한참 넘어선 큰 힘을 느끼곤 합니다. 바다나 산을 향해 결혼 서약을 하는 것에 대해서는 어떻게 생각하세요?

'타자'라는 '위대한 무엇'

"바다를 증인으로 삼아 여기서 영원한 사랑을 맹세합니다!" 참 멋지다고 생각합니다. 산, 큰 바위, 거목, 폭포 등 뭐든지 괜찮다고 봅니다. 인간의 지적 영역을 초월한 것을 향해 맹세하는 거라면 말이지요. 인간의 생각을 넘어선 영역에 '초월적 질서'가 존재한다는 것을 전제로 하지 않으면 그런 생각은 할 수 없겠지요.

제멋대로 일어나는 일처럼 보이는, 즉 무질서하게 변화하는 현상의 배후에 어떤 심미적 질서, 수리적 질서 같은 위대한 '의지'가 존재한다고 직감하는 것은 인간적 성숙에 필수불가결한 요소입니다. 그도 그럴 것이 '과학'도 '신앙'도 이와 같은 직감에서 출발하기 때문이지요.

과학적 지성이란 이처럼 '언뜻 무질서하게 보이는 현상의 배후에 어떤 수리적 법칙이 존재할 거야'라는 직감에서 탄생한 것이지요. 또한 신앙이란 것도 '평범한 현상의 배후에 어떤 '위대한 것'이 나에게 보내는 메시지가 적혀 있을 거야'라는 직감에서 탄생한 것이지요. 과학이든 신앙이든 자신이 갇혀 있는 '현재의 나'라는 '울타리'로부터 한발 내딛고자 하는 일입니다.

음, 그렇게 어려운 이야기를 하려는 건 아닙니다. 누구라도 성숙하기 위해서는 이 과정을 수차례 반복하는 법입니다. 예를 들면 모국어를 습득하는 것이 그렇습니다.

갓난아기는 엄마가 하는 말을 이해할 수 없습니다. 당연하지요? 아직 언어를 모르니까요. 말의 뜻도 모르고 문법 규칙도 모릅니다. 그럼에도 어머니로부터 자신에게 직접 전해지는 공기의 파동이 사실은 '어떤 패턴'을 반복해서 나타내고 있다는 사실을 언젠가 깨닫게 됩니다. 그리고 그 '패턴'과 연동해 자신의 환경에서 일어나는 변화의 상관관계를 깨닫게 되지요. '엄마'라는 공기의 파동은 언제나 맛있는 음식과 다정한 손길, 기저귀 갈이 같은 자신의 생리적 쾌감과 연동되어 있다는 사실을 깨닫게 됩니다. 그 순간 아기는 '이 세상에는 기호라는 것이 존재하는구나' 하고 직감적으로 깨닫습니다. 이는 잘 생각해보면 정말 대단한 '혁명'입니다.

우리는 누구나 '모국어 습득'이라는 방식으로 '이 세상에 존재하는 줄 몰랐던 질서' 속으로 들어갑니다. '모국어를 배워두면 의사소통도 편하고 장래에 입시나 취직에도 유리하겠지?' 생각해서 '그럼 어디 한번 습득해볼까' 하고 모국어를 습득하는 갓난아기는 단 한 명도 없습니다. '모국어'라는 개념도, '습득'이라는 개념도, '장래'라는 개념도, '유리하다'는 개념도 모두 모국어를 습득한 뒤에야 처음으로 알게 되는 것이니까요.

인간은 성숙해지기 위해 '현재의 자기 자신'이라는 폐쇄된 세계에서 외부 세계로 나아가야만 합니다. 자신의 가치관, 미의식, 세계관으로부터 한발 내딛어 외부 세계로 나가야만 합니다.

결혼생활이란 '나로서는 이해도 공감도 할 수 없는 타자'와 함께 생활하는 겁니다. '자신의 사고 영역 바깥의 세계'에 대한 경의와 호기심이 없으면 좀처럼 지속하기 어려운 시련이지요.

'위대한 무엇'에 결혼을 맹세한 후 문득 주위를 둘러보면 거기에 '타자'가 있습니다. 이 사람 또한 나를 이해하지도 공감하지도 못하는 존재입니다. 즉, 나의 가치관과 윤리관

과는 다른 척도로 살아가고 있다는 점에서 '위대한 존재'라고 말할 수도 있겠지요. 도저히 이해하기 어려운 이 사람의 행동과 말의 배후에 혹시 내가 이해할 수 없는 합리적 질서가 있는 것은 아닐까… 혹시 그런 것이 정말 있다면 좀 더 알고 싶다… 이와 같은 마음을 가질 수 있다면 결혼생활은 앞으로 계속 유쾌한 것(좀 더 현실적으로 표현한다면 '견디기 쉬운 것')이 될 겁니다.

이와 같은 생각을 진심으로 하기 위해 무언가 초월적인 대상에 결혼의 서약을 한다는 것에는 깊은 의미가 있다고 생각합니다.

"맹세합니다"의 효과

아무튼 중요한 건 '선언하기'입니다. 단정과 선언. "아플 때도 건강할 때도, 풍요로울 때도 궁핍할 때도 서로 사랑하기를 맹세하십니까?" "예, 맹세합니다"라고 말하는 것은 역시 중요합니다. "아니요, 앞으로 일어날 일에 대해서는 약속할 수 없습니다"라는 것이 진심이더라도 입 밖으로 내뱉어서는 안 됩니다. 여기서는 역시 "맹세합니다"라고 말해야겠지요.

이와 같은 '맹세하기'는 의외로 효과가 있습니다. 장기간 결혼생활을 하다 보면 애정이 식는 시기도 찾아오고 다른 이성에게 마음이 흔들리는 시기도 있습니다. 하지만 이럴 때 "맹세합니다"라고 말한 자신의 말이 꽤 효과를 발휘합니다. '하나님께 맹세한 거니까'라는 심리적 브레이크가 '마지막 선'을 넘지 못하게 하는 경우도 있지요. 게다가 많은 친구들과 지인들 앞에서 "맹세합니다"라고 한 것이 거짓말이 되어버리면 주변 사람들은 둘째 치고 정작 본인 스스로 '나는 거짓말쟁이구나'라고 인정할 수밖에 없습니다.

이런 자의식은 꽤 깊은 곳에서 인간에게 상처를 줍니다. 약산성 액체에 담가져 녹는 것처럼 '자존심'이 무너져 내립니다. 자존심 따위 개나 줘버리라고 말할 사람도 있을지 모릅니다만, 이는 단기적인 안목에서 하는 주장에 불과합니다. 자존심을 상실한 인간, 자기규율의 취약함을 인정해버린 인간은 결혼생활 이외의 장면에서도 '결정적인 순간'에 약속을 파기하거나 번복하는 일에 껄끄러움을 느끼지 않을 가능성이 높습니다.

배우자를 배신하는 일은 '사사로운' 것처럼 보이지만 실제로는 '공적 평가'에 밀접하게 연결되어 있습니다. '쿨하다'거나 '터프하다'는 평가는 얻을 수 있을지 몰라도 '정이 깊다'거나 '배려심이 있다'는 평가는 못 받을 것입니다. 승

승장구할 때는 따라주는 사람이 많아도 일단 몰락하기 시작하면 아무도 손을 내밀지 않게 됩니다.

선천적으로 이런 성격인 사람도 있지 않느냐고 말씀하실 수도 있겠습니다. 하지만 '약속을 파기한 인간'이라는 자기 인식이 무의식중에 '그 행위를 정당화하는 행동'을 선호해버리기 때문에 세월이 흘러감에 따라 "원래 약속이란 건 어기라고 있는 거야"라고 아무렇지도 않게 말하는 인간이 된다는 겁니다. 이렇게 극단적인 경우까지는 아니더라도 자기가 '원래부터 이런 인간'에 점점 가까워지기 시작할 때, 이를 멈춰 세울 제동장치가 없어집니다.

맹세라는 건 꽤 '무서운' 것입니다. 그러니 맹세는 어기지 않는 것이 좋습니다. 맹세를 어기면 천벌을 받을 가능성이 높은 곳에서 결혼식을 올리는 것이 좋다는 건 바로 이 때문이랍니다.

갈등할 수 있는 여지를 주는 장치

최근에는 중매인이나 주례, 곧 결혼 중개자 없이 결혼하는 사람도 늘고 있습니다만 저는 결혼 중개자가 개입하는 편이 낫다고 봅니다. 중개자는 결혼식장에서 두 사람이 맺은 약속을 잘 지키고 있는지 관심을 갖고 지켜보고 또 적극적으로 '결혼생활이 순조롭도록 후방 지원' 역할도 하기 때문입니다. 중개자라는 건 부부와 가장 많이 공감할 수 있는 제3자로, 결혼생활이 순조로울 때는 마치 자기 일처럼 기뻐해주고 결혼생활이 고통스러울 때도 마치 자기 일처럼 고통스러워 해줄 사람입니다. 이런 사람이 부부 이외에 존재한다는 건 꽤 힘이 되는 일입니다.

중개자라는 존재는 물론 부부싸움을 중재하거나 구직을 돕는다거나 임대 보증인이 되어주는 등 실리적 유용성도 있습니다. 하지만 그 이상으로 '부부 이외에도 결혼생활이 순조로운지 어떤지를 신경써주는 제3자가 있다'는 그 사실이 꽤 큰 의미를 지닌다고 저는 생각합니다. 단순히 신경을 써주는 것뿐만 아니라 '부부 사이가 나빠지면 자신에게도 책임의 일부가 있다'고 생각하기 때문입니다. 이는 당사자 관점에서는 꽤 마음이 편해지는 상황입니다. 만약 결혼생활에 실패하더라도 '모든 것이 우리 잘못'인 건 아닙니다. 실패에 대한 공동책임자가 있는 겁니다.

그러므로 중개자에게는 "다른 사람한테는 도저히 말하기 어려운 건데요, 사실은…" 하면서 집안 사정을 털어놓을 수도 있습니다. 자신에게 일어난 일을 객관적으로 기술하는 것은 위기 상황에서 상당히 중요한 일입니다.

〈우마야 화재火事〉라는 라쿠고*에도 나오듯,

"저기 오라버니, 이제 더 이상은 못 견디겠어요."

"왜 그러냐. 또 부부싸움이라도 한 거냐."

"해도 해도 너무해요. 그이는 일도 안 하고 술만 퍼마시고 노름판이나 돌아다니고…."

"돼먹지 못한 놈을 소개시켜줘서 정말 미안하구나. 아니다, 내가 잘못했다. 이렇게 된 이상 그냥 이혼해버려라. 내가 당장 그놈 찾아가 담판짓고 오겠다."

"자, 잠깐만요. 아무리 그래도 이렇게 갑자기…."

"너 방금 '더 이상은 못 참겠다'고 했잖아. 이혼해. 당장 이혼해버려! 그런 바보 같은 놈이랑 시간 낭비할 거 없다."

"오라버니, 아무리 그래도 말이 좀 심하신 거 아니에요? 물론 술은 마시지만 그렇게 많이 마시는 것도 아니구요. 노름도 일하는 사람들하고 어울리려고 어쩔 수 없이 하는 거 아니겠어요. 그런 걸 가지고 인간쓰레기 취급 하시는 건 좀…."

"뭐야, 왜 갑자기 태도를 바꾸는 거야?"

이런 경우가 있지요(요즘은 라쿠고를 듣지 않아서 어렴풋하게 기억하고 있습니다만).

* 라쿠고落語: 17세기 무렵부터 도쿄 지역에서 발달하여 지금까지 이어져오는 만담형 전통 예능. _옮긴이 주

이 마지막 한마디 "뭐야, 왜 갑자기 태도를 바꾸는 거야?"라는 것이 중개자의 '업적'입니다. 당사자와는 다른 관점에서 결혼생활을 점검하는 것이지요. 당사자에 의한 주관적 평가와 객관적 평가의 차이를 검토해주는 겁니다. '몹쓸 배우자'라고 생각하고 있어도 외부의 관점에서 보면 '꽤 좋은 사람'이기도 하고, 그 반대의 경우일 수도 있습니다. 이 지점에서 좀 망설이는 게 좋은 겁니다. 곧장 깔끔한 해결책이 필요한 건 아니니까요. 만약 그런 해결책을 원했다면 처음부터 중개자인 오라버니를 찾아갈 일도 없었을 겁니다.

"글쎄, 머리를 좀 식혀보는 게 어때?"든 "그러냐? 당장 이혼해버려라"든 뭔가 자신의 입에서는 나오지 않을 법한 말을 다른 사람을 통해서 듣고 다시 한 번 생각해보고 싶으니까 찾아가는 겁니다. 서둘러 결론을 내지 않고 갈등하기. 이와 같은 갈등의 여지를 제도적으로 마련해둘 필요가 있다고 생각합니다.

이별은 대비하지 않는
편이 낫다

Q. 현행 호적제도에 대해 의문을 품고
있어요. 그래도 결혼하면 혼인신고를
하는 것이 좋을까요?

호적은 다만 편리한 것

호적은 더 이상 아무도 기억하지 못하는 먼 친족의 과거를
쉽게 알 수 있게 해줍니다. 그런 점에서 편리한 것입니다.
호적등본을 보면 재혼 여부나 자녀가 몇 명인지도 알 수 있
고, 그 자녀가 본인이 낳은 자녀가 아니었다는 사실 따위도
알 수 있지요. 일본의 경우 메이지 시대 이후의 일은 호적
을 통해 알 수 있으며, 그 이전의 일은 보리사*의 과거 기록

---

* 보리사菩提寺: 일본에서는 전통적으로
가문별로 역대 선조의 위패를 사찰에 보
관하는데, 이 사찰을 보리사라 한다. 보
리는 '사후의 명복'을 뜻한다._옮긴이 주

이 남아 있으면 알 수 있지요. 기독교 국가의 시민들이 조상과 관련한 일을 알아보기 위해 교회에 가는 것과 같습니다. 저는 친족이라는 것이 중요하다고 생각하기 때문에 친족에 관한 정보가 관리될 필요가 있다고 생각합니다. 이 점에서 호적제도 외에 더 좋은 방법이나 제도가 있다면 저는 그것도 상관없다고 생각합니다.

혼인신고에 대해서는 사람들에 따라 의견이 갈립니다만, 개인적으로는 결혼하면 즉시 혼인신고를 하는 것이 좋다고 생각합니다. 결혼이라는 건 당사자끼리의 '사랑과 공감'을 토대로만 하기에는 무리가 있다고 보기 때문입니다. 당사자끼리의 사랑과 공감만으로 결혼이 성사된다면 나중에 "왠지 요즘 사랑이 식은 것 같은데?" 또는 "이제 네가 무슨 생각을 하는지 도무지 모르겠어!" 같은 상황이 닥치면 이혼을 해야만 하겠지요. 그때마다 혼인신고와 이혼신고를 반복하는 게 귀찮으니까 아예 혼인신고를 하지 않겠다는 판단은 합리적입니다만, 그렇게 하면 앞서 말씀드린 것 같은 '주문呪文'의 기능이 발휘되기는 어렵겠지요.

즉 '혼인신고를 하지 않겠다'는 자신의 판단이 적절했음을 증명하기 위한 가장 좋은 방법은 '역시 헤어졌다'는 사실이기 때문입니다. 동의하기 어렵다는 분들도 계실지 모르지만, 이는 제가 경험적으로 확신하므로 장담할 수 있습니다. 인간은 자신의 판단이 옳았음을 증명하기 위한 일이라면 불행도 무릅쓰는 동물입니다.

'앞으로 이 회사는 망할 거야'라며 비관적으로 전망하는 사람은 '어서 빨리 망해야 할 텐데…'라고 내심 생각하기 마련입니다. 물론 본인 스스로는 그런 것을 원한다고는 생각하지 않습니다. "정말 그런 거야?"라고 물으면 "에이, 설마!"라고 기를 쓰고 부정하려 들 것입니다. 그래도 실제로 회사가 망하면 "거봐, 내가 그랬지?"라며 자신의 안목을 자랑할 수 있게 됩니다.

실제로 회사가 망하면 자신도 곤란해지기는 마찬가지지요. 그래도 그건 나중 문제인 겁니다. 그보다도 '적절하게 미래를 예측한 자신의 현명함'이 증명되었다는 사실을 기뻐합니다. 심지어는 자기도 모르는 사이 회사가 더욱 망하는 방향으로 협조하기까지 합니다. 자신이 여기서 노력하면 시스템의 와해를 좀 늦출 수 있는 상황에 놓였을 때에도 '노력할' 의사가 없는 것이지요. 즉 노력하더라도 회사가 망한다는 예언이 조금 더 늦게 증명될 뿐, 그 노력에 대해 아무런 감사나 존경도 받을 수 없다고 판단하는 겁니다. 그럴 바에는 와해되는 것을 방관하는 편이 낫다고 보는 거지요.

'양치기 소년의 패러독스'입니다. "늑대다!"라고 거짓말을 연발하던 소년은 마을사람들이 거짓말을 눈치채고 소년의 말을 무시하기 시작하자 어느샌가 '진짜 늑대가 와서 마을 사람들을 전부 잡아먹었으면 좋겠다'고 생각하게 됩니다. 이때 "으악, 진짜 늑대다!" 하고 비명을 지르며 도망치는 마을사람들을 보며 "거봐요, 제가 말했잖아요?"라며 악마처럼 웃는 자신을 상상하고는 흥분하는 것이지요.

'만일을 위한' 대비는 하지 마세요

결혼생활도 마찬가지입니다. 이를테면 미국 등지에서는 '만일 어떤 일이 일어날 것 같다면 미리 대비해두자'고 생각하는 사람들이 '결혼계약'이라는 것을 맺습니다. 결혼생활이 파탄났을 때 상호 간에 분쟁이 없도록 재산 분할이나 위자료 등에 대해 미리 결정해두는 것이지요.

이런 계약은 아무래도 하지 않는 편이 좋다고 저는 생각합니다. 그도 그럴 것이 일부러 애써서 결혼계약을 한 것일 테니, '아, 그때 결혼계약을 맺어두길 정말 잘했어'라고 생각하고 싶어질 겁니다. 결혼계약이 완전히 쓸모없는 짓이었다고 생각하면 뭔가 한심한 짓거리를 한 것 같잖아요? 만일의 경우를 대비해두길 정말 잘했다며 자신의 선견지명을 자축하기 위해서는 이혼할 수 있도록 매일매일 조금씩 서로가 결혼생활에 질릴 법한 일을 하기 마련입니다. 물론 무의식중에 말이지요.

예전에 제가 처음으로 차를 뽑았을 때 딜러를 하던 친구에게 "중고차가 좋겠다"고 말한 적이 있습니다. "면허를 딴지 얼마 안 돼 운전 미숙으로 여기저기 흠집을 낼 게 뻔하니까 첫 차는 중고차가 좋겠다"고 했지요. 평소 유쾌한 성격인 그 친구가 약간 얼굴을 찌푸리며 그러더군요.

"이봐 우치다, 흠집 내면서 운전할 작정으로 운전하면 반드시 흠집을 내기 마련이야. 차가 망가지는 정도로 끝나면 다행이지만 경우에 따라서는 사람이 다칠 수도 있어. 그러니까 초보자일수록 반짝반짝 빛나는 새 차를 뽑는 편이 좋아. 살짝 스치는 흠도 안 내겠다는 마음가짐으로 운전하는 편이 가장 안전한 거야."

과연 그렇겠구나 싶었지요. '흠집 낼 게 뻔하니까'라는 이유로 중고차를 사면 자신이 내린 판단이 옳았음을 증명하기 위해 분명히 여기저기에 흠집이 나게 차를 몰 가능성이 높습니다. 이건 정말이라고 생각합니다. 모퉁이를 돌 수 있을지 애매한 상황에서 "에라 모르겠다, 그냥 가보자!"라며 핸들을 틀거나, 후방이 잘 안 보이는데도 차에서 내려 확인하지 않고 그대로 후진하거나 하는 식으로 말이죠. 이와 같이 조금씩 '대충 하는 운전'이 반복되다 보면 어느 날 큰 사고로 이어질지도 모릅니다.

세상 이치가 그런 겁니다. 결혼생활도 마찬가지지요. 상처투성이인 중고차를 운전하는 기분으로 결혼생활을 하게 되면 조만간 큰 사고가 일어납니다. 정말로요.

가족제도에 적합한 호적제도를

호적제도에 대해 이야기하고 있었지요? 이 제도도 오랜 시간에 걸쳐 다양한 사회관습이 축적된 결과물이라 생각합니다. 그러니 각 나라마다 제도가 완전히 다르지요. 이 점에서는 식문화, 음악, 의례와 맥락을 같이합니다.

인구사회학자인 에마뉘엘 토드Emmanuel Todd가 ·말한 바와 같이 사회마다 가족제도는 다릅니다. 각 집단의 가족제도에 따라 이에 어울리는 호적제도가 고안되었다고 생각합니다. 그러므로 우리와 가족제도가 다른 프랑스나 독일 같은 나라들의 호적제도를 제시하며 "그러니까 우리는 글러먹었어" "그러니까 우리는 후진국이야" 같은 추론은 방법론적으로 적절하지 못합니다. 이는 "일본은 기독교 국가가 아니므로 글러먹었어" "일본인은 빵을 주식으로 안 먹으니까 글러먹었어" 같은 주장과 크게 다르지 않습니다.

호적제도는 가족제도의 외형적 구조 중 하나입니다. 그러므로 가족제도(일본은 독일과 같은 '직계가족'이라는 카테고리로 분류됩니다만)가 바뀌지 않는 이상 호적제도도 바뀌지 않을 겁니다. 직계가족에서는 자녀 가운데 한 명(보통의 경우 장남)이 부모 슬하에 남습니다. 부모는 자녀에게 권위가 있으며, 형제들 사이에 자원과 권리의 분배가 불평등합니다. 여성의 지위가 비교적 높고, 자녀 교육에 대한 열망도 높은 특징을 갖는 구조이지요.

호적제도는 일본, 독일 외에도 스위스, 벨기에, 스코틀랜드, 아일랜드, 대만, 한반도, 유대인 사회 등에도 존재합니다. 만약 호적제도를 수정하고자 한다면 비슷한 가족제도를 두고 있는 나라들 가운데 비교적 제도가 잘 정비된 사례를 참고하면 좋지 않을까요?

가족의 유대감에 대해

Q. 결혼 이후 성姓이 바뀌는 것에 위화감을 느껴요. '부부가 다른 성씨를 쓰면 가족 간의 유대감이 붕괴된다'는 주장에 대해 어떻게 생각하시나요?

성姓이란 자기 자신에 관한 스토리

호적제도와 마찬가지로 성이라는 건 단순히 사회적 약속입니다. '여성들만 결혼 후 성을 바꾼다'는 것도 언젠가부터 그런 가족제도를 채택한 사회였기 때문이죠. 한국처럼 결혼하고 나서도 성을 바꾸지 않는 나라도 있고, 일본도 중세시대까지는 성이라는 것이 존재했는지조차 알 수가 없습니다. 귀족들도 '후지와라藤原, 다치바나橘, 미나모토源, 타이라平' 네 개 성씨 중 하나로 뭉뚱그려졌지요. 근대화 과정에서 다른 사람들과 차별화를 위해 살고 있는 장소의 지명을 따서 부르거나 관직명을 따서 부르기 시작했습니다. 성으로 불리던 사람은 없었던 겁니다. '미와타의 이마 넓은 아저씨'(나쓰메 소세키의 소설 『산시로三四郎』에 등장하는 인물 중 하나)나 '시미즈의 대금업자'처럼 사는 장소의 지명으로 식별했었지요. '이름'이라는 건 결국 "아, 그 사람 말이지?" 하고 개체 식별만 가능하면 그걸로 충분한 거 아닐까요.

평생에 걸쳐 오직 하나의 이름만을 허용한다는 것은 행정기관의 국민 관리 비용을 최소화하기 위한 제도의 문제에 불과합니다. 결혼하면 어느 한쪽이 성을 바꿔야 한다는 것도 메이지 시대 이후에 도입된 일시적인 제도라고 할 수 있습니다. 메이지 시대 이전에는 "성씨의 사용과 칼의 휴대를 허용하노라" 하고 선포할 정도로 보통 백성들에게는 '성씨' 따위가 없었지요.

과거 오다나大店(대규모 상점)의 주인은 대대로 같은 이름을 썼었고, 라쿠고 만담가나 가부키 배우들도 이름을 계승하면 '몇 대째 누구'가 됩니다. 가문의 이름을 짊어지게 되면 그 이름에 부끄럽지 않으려고 필사적으로 연기하는 것이지요.

저는 자주 "우치다 가문의 4대조 고조부는 우치다 야나기마쓰内田柳松라는 고겐잇토류甲源—刀流(일본도 검술의 한 계파)의 검객으로, 신쵸구미新徴組(에도 시대 말기에 조직된 막부 산하 무장 조직) 조직원이었다가 이후 쇼나이번庄内藩 번사로 승진했다"는 이야기를 합니다만, 4대조 조상님이라 하면 남녀를 다 합쳐 열여섯 명이나 있으며, 성씨도 (만약 있다면) 모두 다릅니다. 그 중 한 명을 제가 임의로 선택해 "이 사람이 내 조상이다"라고 주장하는 것일 뿐입니다. 조상님 대접을 받지 못한 나머지 열다섯 명은 무덤 속에서 발끈했을지도 모르지요. 하지만 저는 무도인으로서 조상님 중에 검객이 있는 편이 제 정체성 형성에 도움이 된다고 생각합니다. 그래서 "우치다 가문의 고조부는…"이라는 일화도 계속 말하는 것이지요.

이와 같이 가족의 성이라는 것도 결국은 누군가의 의지와 욕망에 따라 선택되는 것입니다. 객관적인 제도로서 존재하는 게 아니라는 거지요. 한 명 한 명이 선택한 '자신의 스토리'인 겁니다. 저는 이것이 나쁘다고 생각하지 않습니다. 어떤 '혈연 관계' 속에서 자신을 인식한다는 건 기분 좋은 일 아니겠어요? 그걸로 뭐든지 조금이라도 더 잘할 수 있다면요. 결국 이것도 그저 '스토리'에 불과한 것이니까요. 어떤 스토리를 선택해야 기분이 좋고 이로 인해 뭘 조

* 번사藩士: '한시'라 읽는다. 에도 시대 각 번(한)에 소속된 사무라이와 구성원을 가리키는 역사적 용어. 에도 시대에는 '한'이나 '무사'도 호칭으로는 사용되지 않았다. 예를 들어, 사쓰마의 무사들은 스스로를 '시마즈 가의 가신 모모'라고 칭했다. _옮긴이 주

금이라도 더 잘할 수 있는지는 사람마다 다르겠지요. 정해진 틀이 있는 것이 아닙니다.

애당초 가족의 유대감이라는 것은 부부의 성씨가 일치한다고 담보되는 것이 아니라고 저는 생각합니다. 가족이라는 존재는 그렇게 형식적인 것이라기보다 누군가의 부재에 대한 느낌 같은 것에 의존한다고 생각합니다. 마음속 깊이 '아, 이 사람은 우리 가족이구나!' 하는 느낌은 그 사람이 곁에 있을 때가 아니라 곁에 없을 때, '아, 지금 누가 곁에 없구나' 하는 느낌 속에서 분명해집니다. 가족들이 모두 모인 상황에서 '어라, 누구 한 명 없지 않나?' 싶을 때가 있지요. 주위를 둘러보고는 '당연히 있어야 할 사람이 없다'는 사실을 깨닫습니다. 그 사람이 바로 가족입니다.

또 "그 사람 죽었다더라"라는 소식을 들었을 때 "아, 그렇군요"로 끝난다면 그 사람은 타인입니다. 반면, "네? 왜 아무도 나한테 알려주지 않았지?" 하고 아연실색한다면 그 사람이 가족입니다. 자신이 그 사람에게 일어난 중요한 일에 대해 '반드시 알고 있어야만 한다'고 느끼는 사람, 그 사람이 바로 가족이라고 정의해도 손색이 없지 않을까요? 저는 제 삶에서 그렇게 정의하고 있습니다. 같은 혈족이니 인척 관계니 사회 계급이니 하는 것은 제게는 다 쓸모없는 '구분 짓기'에 지나지 않습니다.

게다가 핵가족의 경우라면 가족이 물리적으로 '하나'인 시기는 대단히 짧습니다. 부모와 아이 둘인 4인 가족이라도 넷이서 한집에서 같이 사는 건 고작해야 20년 정도입니다. 형제간의 나이차가 크면 넷이 함께 지내는 기간은 10년 미만인 경우도 있지요. 그 후로는 두 번 다시 함께 사는 일 없이 가끔 친척 장례식 때나 만나는 경우도 있습니다.

가족이란 정말로 잠정적인 제도입니다. 이를 두고 '하나인 가족'이 지극히 당연하다는 듯이 말하는 사람을 저는 신뢰하지 않습니다. 정말 사이 좋고 서로 존중하는 가족 관계라면 서로 지나치게 간섭하는 일 없이 필요할 때만 서로 돕는 긍정적인 관계일 겁니다. 이러한 가족의 구성원들에게는 자신들의 가족 관계를 표현할 때 '하나' '유대감' '일체감' 같은 표현은 불순물에 불과할 것입니다.

저는 가족 간의 친밀함을 과시하기 위한 행사를 수시로 여는 가족의 구성원이기보다는 평소에 "네가 원하는 대로 살거라" 하고 남 보듯 하면서 본가에 놀러 갔을 때는 "잘 왔구나"라며 웃는 얼굴로 환대해주는 '거리감 있는 가족'의 구성원이고 싶습니다.

4

타인과 함께 산다는 것

부부 사이의 권력 관계

Q. 우치다 선생님은 재혼을 하신 걸로
압니다. 결혼은 두 번 하시게 된 까닭
은 무엇이었나요?

첫 번째 결혼생활에서 배운 것

네, 저도 결혼을 두 번 하고 싶어서 그런 건 아닙니다. 첫
결혼에 실패한 셈이지요. 저도 가능하면 한 번에 백년해로
하고 싶었습니다.

저는 타인과 함께 사는 것을 좋아합니다. 저는 집안일도
할 수 있고, 일이나 독서, 영화나 음악 감상 모두 원래 혼자
서 하는 것이니까 여기서 외로움을 느끼는 일은 거의 없습
니다. 그래도 타인과 함께 있는 것을 좋아합니다.

젊은 시절부터 어떤 여성과 사귀게 되면 매번 '이 애랑
결혼해야겠다'고 생각했지요. 그렇게 생각하지 않으면 시

시한 관계가 되니까요. '서로 구속하지 말고 자유롭게 살아가자'는 쿨한 관계에는 관심이 없습니다. 당연한 거 아닌가요? 상대의 인생에 관여하지 않는 건 시시하잖아요!

첫 아내와는 13년간 결혼생활을 했습니다. 저보다 네 살 연상으로 사회 경험도 풍부하고 생활력도 강한 사람이었습니다. 저는 대학을 졸업하고 무직 상태로 빈둥거리던 시기에 결혼했으니 그녀가 저를 먹여살린 셈이지요.

당시 아내가 '상사'이고 제가 '부하'인 관계였을 때는 어느 정도 안정된 관계가 지속되었더랬습니다. 그런데 제가 친구와 번역 회사를 설립한 뒤 대학원을 나와 정식 직업을 얻게 되면서 제가 생계를 책임지기 시작했고 그녀를 부양하는 모양새가 되었습니다. 그녀가 저를 먹여살리던 시절에는 무슨 소리를 들어도 "예예, 알겠습니다" 하면서도 전혀 거북함을 느끼지 못했습니다. 그런데 제가 생계를 책임지게 되자 아내가 이래라 저래라 하는 것이 거북해지기 시작하더군요. '내가 이만큼 일해서 가정을 책임지고 있는데 어째서 가사노동에 대해 아내에게 명령을 받아야 하는 거지?'라는 생각이 머릿속을 떠나지 않더군요. 이처럼 경제력의 차이는 아무래도 부부 관계에 영향을 미칩니다.

결국 결혼 관계란 어떤 의미에서는 '권력 관계'라는 걸 이때 깨닫게 되었습니다. 부부 중 어느 한쪽이 '상사'인 겁니다. 그렇지 않으면 관계가 불안정해집니다. 서로의 의견을 들어보고 모든 것을 대화로 해결하자고 해도 이미 그 자체가 어느 한쪽이 일방적으로 정한 것입니다.

부부의 권력 관계에 대해

제가 어렸을 때 저희 집에서는 매주 가족회의라는 걸 했습니다. 아버지가 의장이고 어머니가 서기, 형과 제가 의원이라는 구성으로, 수요일 저녁식사 뒤에 열렸던 회의입니다. 집안의 여러 일을 민주적인 토의를 거쳐 결정하자며 아버지가 시작한 겁니다. 강아지 산책은 누가 시킬 것인가, 주말에 하이킹은 어디로 갈 것인가 등이 의제였습니다. 이 '민주적' 제도의 도입 그 자체는 아버지의 독단적 판단에 의해 결정된 것입니다.

부부 관계도 이와 같다고 생각합니다. 경제력이나 인생 경험, 식견과 도량 등이 권력 관계를 결정하겠지만, 추상적인 것은 판단하기 어려울 때가 많지요. 인생 경험이 풍부한 사람이 어처구니없는 실수를 저지르기도 하고, 도량 넓은 사람이 주눅 들거나 질투하는 경우도 있잖아요?

그런 의미에서 '얼마를 버느냐'는 수치적으로 확실히 알 수 있습니다. 그래서 이를 기준으로 가정 내 지위가 결정되는 경우가 많지요. 그럴 때 '상사' 역할을 맡은 사람이 "우리 집안에는 위계 따위는 존재하지 않는다. 모두가 평등한 민주적 가정이다"라고 선언하면 그걸로 충분합니다. 하지만 이는 누군가가 선언해야만 합니다. '그럭저럭 대등한' 관계는 안정적이지 못합니다.

이혼에 이르는 사유로는 여러 가지를 들 수 있겠습니다만 저의 경우엔 '권력 다툼'이라는 문제가 상당한 비중을 차지했다고 봅니다. 배우자 중 어느 한쪽이 다른 한쪽에게 경제적으로 완전히 의존하고 있는 경우에는 크고 작은 마찰이 있을 수는 있을지언정, '누가 상사냐' '집안일의 결정권이 누구에게 있느냐' 같은 권력 다툼은 일어나지 않습니다. 배우자 쌍방이 동등한 경제력을 가진 부부 관계를 '이상적'이라고 생각하시는 분들도 계시겠지만, 이는 가장 통제하기 어려운 부부 관계라고 저는 생각합니다.

지인 중 경제력이 반반인 젊은 부부가 있었지요. 일과 관련해서도 둘은 거의 비슷하게 바빴습니다. 그러니 가사노동도 전부 평등하게 나누기로 정했다더군요. 요일을 정해 이날은 남편이 밥을 짓고 아내가 설거지를 한다거나, 다른 날에는 이걸 반대로 한다거나. 하지만 상대가 담당하는 집안일에는 절대 손을 대지 않게 되면 집안 분위기는 순식간에 살벌해집니다. 야근을 하고서 피로에 절어 집에 돌아왔더니 싱크대에 전날 먹은 그릇과 냄비가 쌓여 있고 배우자는 밥을 기다리며 텔레비전을 보고 있는 거지요. '발끈'하는 순간입니다.

가사일을 적절히 분담하는 일의 어려움

자질구레한 집안일 따위는 먼저 발견한 사람이 하면 됩니다. 쓰레기를 내다버리고 빨래를 널고 다림질을 하면 되는 거지요. 정확하게 역할을 나눌 만한 일이 아닌 겁니다. 그렇지 않을 경우 명확하게 '남편의 일'도 '아내의 일'도 아닌 영역에 있는 집안일은 아무도 하지 않게 됩니다. 이런 상황이 지속되면 집안은 혼돈에 빠지게 될 겁니다.

비즈니스도 마찬가지 아닌가요? '내 일'과 '동료의 일' 사이에 '그 누구의 일도 아닌 일'이 반드시 있습니다. 이를 "이건 내 업무가 아니니까"라는 이유로 방치해두면 이를 계기로 조직이 붕괴할 정도의 트러블이 발생하는 경우도 있습니다. 일본 속담에 '천 길 방죽도 개미구멍 하나로 무너진다'는 말이 있는데, 이와 같은 겁니다. 이를 방지하기 위해서는 '아무도 하지 않는 일은 내 일'이라고 생각하고 누군가는 그 일을 처리해야만 합니다.

가정 내에서도 '집안에서 일어나는 일은 전부 내가 책임진다'고 생각하는 사람이 한 명 있으면 더 이상 트러블은 일어나지 않겠지요.

제가 이혼에 이르게 된 데는 경제력의 변화에 따라 가사노동 분담에 관한 말다툼이 매일 같이 일어난 것이 크게 작용했다고 봅니다. 누가 무슨 일을 하느냐 마느냐 가지고 정말 자주 다투었지요.

이혼 후 어린 딸과 둘이서 살기 시작하니 이런 트러블은 사라졌습니다. 전부 제가 해야만 했으니까요. 가사 분담을 둘러싼 우울한 교섭은 더 이상 하지 않아도 되게 된 거죠. 그때서야 비로소 돈을 버는 것도 가사노동도 그 자체로는 별로 힘든 일이 아니지만, 가사노동을 가정 내에서 적절하게 분담하기는 정말 어려운 일이라는 걸 통감했지요.

결혼과 자유

Q. 결혼하면 여러 가지 제약 조건이 늘어나 유학이나 이직 같은 커다란 결단을 내릴 수 없게 되지 않을까요?

아무도 당신에게 의지하지 않기를 바라나요?

결혼하면 결혼 전에는 가능했던 일들이 대부분 불가능해집니다. 하지만 이는 결혼뿐만 아니라 취직을 했을 때도, 책임 있는 직위에 승진했을 때도, 자녀가 태어났을 때도 마찬가지입니다. 어떤 일이든 타인과 새로운 관계를 맺을 때마다 자신의 잠재 가능성 중 일부는 실현 불가능해집니다. 이는 당연한 일입니다.

결혼 또는 출산을 하거나 노부모를 돌봐야 할 때는 사는 장소와 직장을 비롯해 인생의 많은 선택지가 한정되는 법입니다. 이것이 싫은 사람은 어쩔 수 없지요. 그 누구와도 관계를 맺지 않고 살아가면 됩니다. 결혼은 안 한다(하더라도 따로 살며 서로 간섭하지 않는다), 아이는 낳지 않는다(태어나면 어딘가에 입양시킨 후 연을 끊는다) 같은 인생은 아무런 제약이 없을 겁니다.

하지만 이런 인생이 과연 좋을지 모르겠습니다. 그 누구에게도 제약받지 않는 인생은, 달리 말하면 '아무도 당신에게 의지하지 않는 인생'과 같지요. 당신에게 의지하며 "당신이 없으면 나는 살아갈 수 없어요"라고 말하는 사람이 단한 사람도 없는 인생을 보내는 겁니다.

결국 이는 '세상에 있어도 없어도 상관없는 사람'이 되는 것과 같습니다. 세상에서 사라져도 그 누구 하나 곤란해지지 않습니다. 사라져도 얼마 동안은 그 누구도 눈치 채지 못하는 존재인 겁니다.(이혼한 배우자가 '양육비 송금이 3개월이나 밀렸네' 하고 생각할 즈음 눈치 채는 정도일까요?)

보통의 경우, 이런 인생을 목표로 삼는 사람은 없다고 봅니다. 우리는 '다른 사람들이 의지할 수 있는 사람이 되자'고 생각하면서 유년 시절부터 지금까지 노력해온 것 아닌가요? 무슨 일이 있으면 내 의견을 물어주는 사람, 곤란한 상황에 처해 상담하러 와주는 사람 등 우리는 이미 많은 경험을 거쳐왔습니다. "이건 당신에게만 말하는 건데요…" 하면서요. 의견이 충돌할 때 "이렇게 된 이상 당신이 결정해주세요"라며, 모든 걸 나에게 맡기는 경우도 있지요. "뒷일은 자네에게 맡기겠네"라며 사장님이 회사를 통째로 맡기는 경우도 있지요. 이와 같이 '의지할 수 있는' 인간인 것이 사회적인 성숙도와 능력의 지표가 아닌가요?

그러므로 다른 사람이 의지하고 있는 사람은 그렇게 쉽게 유학을 떠나거나 이직할 수 없습니다. "일 년만 유학을 다녀오고 싶은데…" "이직을 할까 하는데…"라고 밝히면 주변 사람들이 "뭐라고? 정말이야?" 하며 곤란해 합니다. 당연하지요. 모두가 당신에게 의지하고 있으니까요. 그런 당신은 공동체의 중심 구성원이자 모두의 정신적 지주이고 희망이므로 어딘가 다른 데로 사라져버리면 모두가 곤란해지는 건 당연한 겁니다.

한 가지 더. 유학이나 이직을 못하게 될까봐 결혼할 수 없다고 생각하는 사람은 미안한 말이지만 무엇을 하더라도 후회하는 타입이라고 생각합니다.

유학을 가면 또 거기서 '이 학교가 아니라 저 학교에 갈 걸. 거기에 갔다면 지금보다도 훨씬 더 나다운 삶을 살 수 있었을 텐데…' 하고 생각할 겁니다. 이직하면 또 거기서 '이 회사가 아니라 저 회사로 갈 걸. 저기라면 지금보다 훨씬 나다운 삶을 살 수 있을 텐데…' 하고 생각하겠지요.

'나다운 삶'이라는 것이 뭔가 투명하고 무중력의 환경에서 선택적으로 발현되는 것이고 조금이라도 장애물이나 저항에 부딪치면 발현되지 않는 거라고 믿는 것이지요.

하지만 이 세상에 아무런 저항 없이 "무엇이든 당신이 하고 싶은 대로 하시지요" 하는 환경은 존재하지 않습니다. 학습 환경도 노동 환경도 그렇습니다. 어딜 가더라도 그 나름의 한계, 제약, 의무가 있기 마련입니다. 그런 현실과 어떻게 타협해갈지를 궁리할 수밖에 없습니다.

'기세' 또는 '관성'에 맡겨볼 것

여러 차례 되풀이해서 말씀드리고 있습니다만, 결혼은 '기세'입니다. '관성'이기도 하지요. 하지만 기세든 관성이든 여기에는 어떤 힘이 작용하고 있으며, 흐름도 있습니다. 이 힘과 흐름에 자연스럽게 올라타는 것이 인생을 살아가는 데 중요한 일입니다. 이는 유학이나 이직도 마찬가지입니다. 유학이든 이직이든 그것이 정말 중요한 일이라면 그에 걸맞은 '기세'라는 것이 존재합니다.

어느 날 "저 대학으로 유학가자!"는 생각이 번개처럼 뇌리를 스쳐 더 이상 아무도 말릴 수 없는 상태에 이른다면 배우자가 있든 자식이 있든 돌봐야 할 노부모가 있든 '어떻게든 될' 일입니다.

무라카미 하루키는 작가가 되고자 마음먹은 그날의 심경을 몇몇 수필집에서 이렇게 회상하고 있지요.

1978년 4월 어느 맑은 날, 그는 메이지진구 구장(일본 프로야구 도쿄 야쿠르트 스왈로즈의 홈구장)에서 야쿠르트 스왈로즈와 히로시마 카프의 개막전을 외야석에서 관람하고 있었답니다. "하늘은 청명하고 생맥주는 맛있게 차가운 가운데 오랜만에 푸른 잔디 위에 새하얀 공이 선명히 떠올랐다"는 그날 오후, 야쿠르트의 1회 말 공격이었다지요. 선두 타자는 미국에서 온 지 얼마 안 된 데이브 힐튼으로 제1구를 좌익수 방향으로 깔끔하게 쳐올려 2루타를 기록했답니다. 그 순간 무라카미는 '아 그래! 내게도 소설 쓸 자질이 있을지 모르겠다'라고 직감했다지요. 아무런 맥락도 근거도 없이 말이지요.

그것은 하늘에서 무언가가 팔랑팔랑 떨어지는 걸 양손으로 살포시 받아낸 것 같은 기분이었습니다. _무라카미 하루키, 『직업으로서의 소설가』

좋은 이야기 아닌가요? 실제로 이런 일이 일어난다고 저도 믿습니다. 인생의 전환기라는 건 이처럼 불시에 찾아오는 겁니다. 어떠한 맥락도 없이 말이지요. 하지만 저항하기 어려운 압도적인 현실과 함께 들이닥칩니다. 유학이나 이직도 어떤 의미에서는 '소설가가 되겠다'는 것과 같은 인생의 기로입니다. '이것저것 책임져야 하는 처지가 되면 인생의 전기가 찾아와도 곧바로 행동으로 옮길 수 없을 테니 책임지지 않아도 되는 인생을 살아가자'고 생각하는 사람에게는 아마 이와 같이 극적인 일은 일어나지 않을 것 같습니다. 차가운 말투라 미안하지만요.

미지의 자신을 발견하기

Q. 우치다 선생님은 혼자서 아이를 키우
실 때 학자로서 연구 시간이 줄어드는 것
에 초조함을 느끼지 않으셨나요?

결혼(이혼)과 육아의 경험을 통해 바뀐 것

사실 처음엔 초조함을 느꼈습니다. 그런데 어느샌가 괜찮
아졌습니다.

레비나스라는 프랑스 철학자 연구가 제 전공인데 아이
가 어렸을 때는 하루 종일 레비나스의 『곤란한 자유Difficile
liberte』라는 책을 번역하고 있었습니다. 레비나스는 난해하기
로 유명한 철학자로, 그의 책은 몇 번을 읽어도 이해가 잘
안 됩니다. 사전을 아무리 뒤져도 의미를 모르겠더군요. 어
찌어찌 번역은 했습니다만 결국 제가 번역한 문장을 저 자
신도 이해하지 못하는 상황이 되었습니다. 200자 원고지에

연필로 눌러 쓴 번역 원고가 30센티미터 높이까지 쌓여갔지요. 그것을 그대로 벽장 속 어딘가에 처박아두고 2년 가까이 방치했습니다. 그리고는 여느 때처럼 대학원에서 조교 일을 하거나 강사로 대학과 어학원을 돌아다니며 프랑스어를 가르쳤지요. 합기도 수련도 하고 가사와 육아도 함께 병행했습니다.

꽤 시간이 흘러 출판사 편집자가 제게 "그 원고는 어떻게 되었죠?"라고 물었을 때에야 비로소 "아, 그거!" 하고는 처박아둔 원고를 꺼내어 휘리릭 읽어보는데 내용이 이해가 가더군요. '이해가 간다'라기보다는 '이해가 가는 부분이 몇 군데 있었다'는 정도입니다만, 그래도 '전혀 모르겠다'는 상태에서 '조금은 이해가 간다'는 수준이 된 셈이지요. 제 자신이 변화한 겁니다.

이 변화에 가장 큰 영향을 미친 것이 육아 경험이었다고 봅니다. 제가 레비나스를 아무리 읽어도 의미를 이해하지 못한 것은 제가 프랑스어를 못해서가 아니고(물론 못합니다만), 철학사의 지식이 없어서도 아니고(물론 없습니다만), 단순히 제가 '애송이'였기 때문이라는 걸 알아챘습니다.

레비나스는 '어른'입니다. 그런 어른이 쓴 책이기 때문에 아이인 저로서는 이해가 가지 않았던 겁니다. 당연한 거 아닐까요? 어른이 쓴 걸 이해하기 위해서는 읽는 사람도 어른이 되는 수밖에 없습니다. 레비나스의 문장은 이와 같이 수행적인 힘을 가지고 있었던 겁니다.

저는 레비나스를 붙들고 끙끙 앓으면서 줄곧 '이 말을 이해할 수 있는 어른이 되고 싶다!'고 필사적으로 바라고 또 바랐습니다. 하지만 '어른이 된다'는 것은 입시공부처럼 '언제까지 어떤 지식과 기술을 체득해 누군가에게 합격 판정을 받는 것'이 아닙니다. 애당초 어떤 지식과 기술을 체득해야 하는지 애들이 알 리가 없습니다.

하지만 참 아리송한 것이 단지 '생활'을 이어나가는 과정에서 정신을 차려보니 생활한 만큼 제가 어른이 되어 있더라는 겁니다. 자녀를 기르는 몇 해 동안 저는 가정의 심각한 트러블도 겪었고, 병들어 누워도 봤고, 사람을 사랑하고 미워하고 배신하고 배신당하고 기대하고 실망하는 등 정말 많은 일들을 경험했습니다.

이 경험의 절대량은 결혼하기 전, 아이를 낳기 전과는 비교할 수 없을 정도였지요. 결혼 후 제 인생은 더욱 깊어졌습니다. 선악의 판단은 차치하고, 일단 '인간이란 이렇게나 갖은 괴로운 일, 슬픈 일, 기쁜 일, 화나는 일을 겪는구나…' 하는 것을 뼛속 깊이 느끼게 되었습니다.

이런 경험을 하고 나서 레비나스의 문장을 다시 읽어보니 예전에는 이해하지 못하던 부분을 이해할 수 있게 되었지요. 이때 저는 과연 인생에는 쓸모없는 경험이란 없다는 걸 깨달았습니다. 병들어 눕거나 투옥되거나, 배신을 당하거나 배신을 해도, 무언가를 잃거나 얻어도, 이런 경험들은 단 하나도 헛된 것이 없다고 생각합니다.

철학은 '스테이크' 같은 것

철학이라는 건 인간이 경험하는 다양한 일에 대한 포괄적인 지知입니다. 이는 입시공부로 체득할 수 있는 것이 아니지요. 물론 입시공부로 고통스러워하는 것도 하나의 경험이긴 합니다(학교교육 시스템을 설계한 사람이 별로 현명하지 못했음을 뼈저리게 느끼지요). 인간이 어떤 경우에 머리 회전이 빨라지고 어떤 경우에 의욕이 떨어지는지 그 복잡한 메커니즘의 일부를 입시공부를 하면서 깨달았지요. 물론 교과서나 참고서를 보면서 익힌 유용한 지식이 전혀 없다고는 말 못합니다.

하지만 그런 걸로는 철학을 이해할 수 없습니다. 철학이란 '더 이상 말로는 표현할 수 없는, 말도 안 되는 경험을 한 사람'(전쟁에서 가족을 모두 잃었다거나 강제수용소에 유폐되었다거나 하룻밤 사이에 전 재산을 잃었다거나 갑자기 죽을병에 걸린 사람 등)이 읽어도 '으음, 듣고 보니 그렇군' 하며 고개를 끄덕일 정도의 말의 무게가 없으면 성립하지 않는 것입니다.

저처럼 평화롭고 풍요로운 일본사회에서 성장한 범인이 대학을 나오고 대학원에 들어가 "제 전공은 철학 연구입니다"라고 한들 거기에 절박함이 있을 리가 없는 것입니다.

철학은 저와 같이 평범한 인간의 것이 아닙니다. 인간이 경험할 수 있는 극한을 경험한 사람이 읽고도 '하기사, 내 경험에 비추어 봐도 세상 이치란 바로 이런 거지' 하고 수긍할 정도의 박력이 없으면 철학이 될 수 없습니다. 저 같은 인간은 처음부터 독자들의 관심 밖에 있는 겁니다.

프랑스에서는 고등학교 최종 학년에 철학이 필수과목인데, 글로벌화 흐름 속에서 프랑스 정부가 '철학 따위는 더이상 필요 없다. 철학보다 실학이 중요하다'고 주장하기 시작해 철학을 필수과목에서 제외한 바 있습니다. 물론 프랑스의 철학자들은 일치단결해서 이에 반대했지요.

이때 레비나스는 "뭐가 문제야?"라고 했답니다. "철학이란 건 어른을 위한 거지 고등학생들에게 필수과목으로 가르치는 게 아니야. 아기한테는 우유를 먹여야지 갑자기 스테이크를 먹여서 되겠나?"라고 했답니다.

물론 레비나스가 글로벌 자본주의에 최적화된 인재를 육성하고자 했던 프랑스의 교육행정에 찬성한 것은 아닙니다. 이와 같은 인재 육성 프로그램에 철학은 어울리지 않는다고 생각한 것이겠지요. 하지만 "고등학생들 수준에는 철학이 무리다"라는 레비나스의 한마디는 대단히 도발적인 발언이었다고 생각합니다.

제가 프랑스의 고등학생이었다면, "애들은 우유나 마시라니, 도저히 못 참겠다"며 닥치는 대로 철학서를 읽기 시작했을 겁니다. 입시과목이니까 철학사를 암기해야만 한다는 것과 "애들한테는 무리다"라고 과소평가 당하고 나서 철학서를 읽는 것과는 마음가짐부터가 다릅니다. 레비나스는 기본적으로 교육자이므로 아마 고등학생들의 이런 '반발심'을 자극하고자 이와 같은 발언을 하지 않았을까 싶습니다.

어쨌든, 철학은 '스테이크'입니다. 그러므로 이가 자라지 않으면 씹을 수가 없습니다. 저는 생활을 이어나가면서 혹은 아이를 키우며 이런저런 고생을 하면서 스테이크를 씹을 수 있는 이가 돋아났다고 생각합니다.

생활 그 자체가 철학 연구

결국엔 살아가는 것 그 자체만으로도 공부입니다. 길거리에서 사람들과 얽히고설키면서 살아가는 것. 그것이 곧 철학을 하는 겁니다. 쓸모없는 시간은 없다고 생각하니 더 이상 초조하게 생각하지 않게 되었습니다. 육아 때문에 개인적 시간이 줄어들고 자신이 꼭 해야만 하는 연구가 불가능해질지도 모른다는 생각이 사라졌습니다. 그런 제 생각이 무조건 옳았다고는 말하기 어렵지만 정신건강에는 대단히 좋았습니다.

20대부터 30대까지는 상당히 빡빡한 경쟁 환경 속에 있었으므로 항상 곁눈질로 같은 세대 연구자들의 활약을 바라보며 초조해하고 있었지요. 만약 그때 '지금 육아 따위로 시간을 허비할 여유가 없어!' 하면서 육아와 가사 일을 모두 방치했더라면 아마 저는 벌써 몰락했을 겁니다.

어찌어찌해서 20대 중반에 철학을 하기로 결심하고서 40여 년 동안 이 분야의 전문가로 지내올 수 있던 건 책상 앞에 앉아 있는 시간 이외의 모든 시간도 '철학 연구'라고 생각해왔기 때문이라고 봅니다. 이와 같은 가벼운 마음가짐 덕분에 많은 스트레스를 피할 수 있었습니다.

물론 세상에는 결혼과 육아는 물론 먹고 자는 것까지 거르면서 세계사적인 업적을 남긴 학자들이 적지 않습니다. 그들을 비하할 생각은 추호도 없습니다. 그런 사람들은 바로 그런 삶의 방식을 통해 스트레스를 피해왔던 겁니다. 저는 저 나름의 생활을 이어나가면서 스트레스를 피해왔던 게 아닐까요(이혼도 어떤 의미에서는 스트레스를 피하는 필살기입니다). 저는 그렇게 믿습니다.

'나란 인간, 꽤 괜찮은 인간이군!'

결혼하면 '이게 바로 나의 본모습이야'라고 믿고 있던 자신의 자기동일성이 상당히 깨지기 쉬운 것이었음을 알게 됩니다. 결혼생활에서는 '이것만큼은 양보할 수 없다'고 할 만한 '최후의 보루' 따위는 존재하지 않습니다. 날마다 한집에서 같이 살아야 하므로 계속해서 양보에 양보를 거듭하는 수밖에 없습니다. 결국엔 전부 양보하고 나서도 무언가 남는 게 있을 겁니다. 그것이 자기 정체성의 핵심이라고 해도 과언이 아니라고 저는 생각합니다.

　하지만 그 남는 것이 꽤 '의외의 것'이라는 겁니다. '나만의 고집'이라거나 '양보할 수 없는 마지막 선'이라던 것들은 전부 양보하게 되고 오히려 '아, 내게 이런 면모가 있을 줄이야!' 하는 부분에 자기 존재를 의지하고 있었다는 사실을 알게 되지요. 큰 건물을 부수고 보니 작은 돌 위에 검은 기둥이 아슬아슬하게 놓여 있을 뿐, 그것이 전체를 지탱하고 있었다는 사실을 알고 놀라는 것과 비슷한 심정입니다.

정체성이란 일종의 '균형 잡기'와도 같은 것입니다. 실체로서 존재하는 게 아니라는 거지요. 넘어질 것 같은 상황에서 무심코 "아차차" 하며 균형을 잡으려 하잖아요? 그 순간의 "아차차"라는 목소리나 표정, 손발의 움직임에는 자연발생적인 리얼리티가 있습니다. 바로 그런 느낌입니다.

결혼생활을 통해 저는 어떻게 흔들리지 않고 한곳에 머무르며 버틸지가 아니라 어떻게 흔들리는지, 어떻게 균형을 잡는지, 어떤 식으로 그때마다 나타나는 곤란한 상황에 적응해 나가는지에 대한 '작법'을 배웠습니다. 그것이 자신의 정체성이란 것을 알게 되었습니다.

가장 놀라운 것은 '나란 인간이 꽤 괜찮은 인간'이라는 사실을 발견했다는 점입니다. 이건 자식이 태어났을 때 알게 되었습니다.

그전까지 오랫동안 저는 스스로 에고이스트로서, 정 없고 배려심 없는 남자라고 생각하고 있었지요. 실제로 사귀었던 여자친구들 모두가 제게 그렇게 말했습니다. 저 자신도 사람을 사랑할 줄 모르는 남자라고 생각했습니다. 물론 일시적으로 사랑이 불타는 순간도 있고 애정이 식은 후에도 애정이 식지 않은 척 하는 정도의 연기력은 있었지만요. 하지만 결국 상대가 금방 눈치채고 '이 남자는 사람을 사랑할 줄 모르는구나'라고 내심 생각하고 있다는 걸 저도 알아차릴 수 있었습니다. 그런데 사실은 그게 아니었습니다.

아이가 태어났을 때도 사실은 별로 귀엽다고 생각하진 않았습니다. 분만실에서 간호사들이 한번 안아보라고 해서 안아봤는데도 '여기서 애를 떨어뜨리기라도 하면 진짜 많이 혼나겠지?' 하는 정도밖에 떠오르지 않더군요. 귀엽다고 생각할 마음의 여유는 전혀 없었습니다. 집에 돌아와서도 두 시간 간격으로 깨서 우유를 먹이거나 기저귀를 갈아줘야만 했으므로 처음 몇 주간은 그저 '졸립다'는 생각 외에 다른 생각은 안 들더군요.

그러더니 생후 6주째 정도부터 갓난아기를 안고 있지니 마음속 깊은 곳에서 '아, 귀엽구나!'라는 감정이 솟구쳐 오르는 겁니다. 아이가 태어나고 나서 한 번도 경험해본 적 없는, 불가항력적이고도 주체하기 어려운 애정이었습니다. '이 애를 위해서라면 죽어도 좋다'는 생각을 진심으로 하게 되었습니다.

"이 애의 목숨과 자네의 목숨 어느 쪽을 택할 거냐"는 말을 들으면 한 치의 망설임도 없이 "예, 제가 죽을래요"라고 말할 수 있을 것 같았습니다. 실제로 누군가 한 번쯤 그렇게 물어봐줬으면 하고 바란 적도 있지요. 이와 동시에 이 애를 지켜주기 위해선 어떤 일이 있어도 '죽을 순 없다'는 각오도 다져지더군요. 서로 모순된 감정이 동시에 태어난 셈이지요. '이 애를 위해서라면 언제든지 죽을 수 있다'와 '이 애를 위해서라도 절대 죽을 수 없다'는 건 사실 같은 말입니다.

　이와 같은 갈등은 자식을 낳아보지 않으면 좀처럼 경험하기 힘듭니다. 자신이 정말 지켜야 할 것을 가져보지 않으면 자기 안에 어떤 인간적 자질이 잠들어 있는지 발견하는 일이 거의 불가능하지요.

잘 모르는 사람과 함께 산다는 것이야말로

Q. 생활습관이 너무 달라서 누군가와 함께 산다는 것은 정말 어렵다고 느낄 때가 있어요. 다른 누군가와 한집에서 잘 지내는 비법 같은 게 있을까요?

폭 넓고 느슨한 공간을 함께 만들기

그 사람이 자신과는 다른 사람이라고 생각하면 되지 않을까요? 이름도 성장 배경도 자기와는 다른 사람이니까요. 잠자는 시간도 일어나는 시간도 다르고, 식생활도 다르고 취향도 다릅니다. 그런 차이를 절충할 수 있는 폭 넓고 느슨한 공간을 만들어가는 것이 결혼생활의 즐거움이라고 생각합니다.

부부의 사상과 취미가 같지 않으면 같이 살기 힘들다는 사람들이 있지만, 저는 오히려 같은 게 더 힘들 거라고 봅니다. 각자 생긴 대로 살아가는 것이 좋지 않을까요?

신혼여행으로 파리에 가고 싶다는 사람과 발리에 가고 싶다는 사람이 의견 조율이 안 된다는 이유로 "그럼, 절충안으로 제주도로 가자"고 말할 수 있는 건 아닙니다. 외교 교섭이 아니니까요.

　이럴 때는 파리와 발리 둘 다 가거나, 파리에 가고 싶은 사람은 파리에, 발리에 가고 싶은 사람은 발리에 가면 되지 않을까요? 자기와는 취미도 생각도 다른 사람이지만 오히려 '바로 그 점이 좋아!'라고 생각하지 않으면 결혼생활은 고통의 연속일 뿐입니다.

　자기가 잘 모르는 사람과 함께 산다는 것이 결혼의 즐거움인 것이지요. 제 아내도 별별 희한한 소리를 곧잘 늘어놓곤 합니다. 하루는 제가 죽을힘을 다해 일하고 있는데 갑자기 서재로 들이닥치더니 해외 토픽 기사를 낭독하더군요. 어느 동물원에서 판다 새끼가 태어났다나 뭐래나. 어째서 그것이 지금 중요한 화제여야만 하는지 저는 도무지 이해하지 못했지만 한바탕 기사를 낭독하더니 만족스러운 얼굴로 사라지는 겁니다. 그럴 때마다 '결혼 참, 재미있구만' 하고 마음속 깊이 느끼곤 합니다.

　인간이란 존재는 자신이 무엇을 생각하는지 사실은 잘 모릅니다. 당신이 배우자에 대해 '잘 모르겠다'고 생각하는 부분은 십중팔구 그 배우자 본인도 잘 모르고 있을 겁니다.

그러므로 "당신, 사실은 나한테 뭘 바라는 건데?" 같은 질문을 해서는 안 됩니다. 그런 질문에 곧바로 대답할 수 있는 인간은 이 세상에 없으니까요.

그보다 이 '잘 모르겠는 사람'이 항상 자기 옆에 있고, 함께 밥을 먹고, 이야기를 나누고, 같이 놀고, 기대고 싶을 땐 안아준다는 사실을 인식하는 편이 훨씬 더 감동적이지 않나요?

점점 닮아가기

여러 면에서 서로 다른 부부라 하더라도, 같이 잠들었다 일어나고, 같은 공간에서 같은 공기를 마시며, 같은 음식을 먹다 보면 참 신기하게도 서로 점점 닮아갑니다.

실제로 하는 행동이 비슷하면 인간의 내면도 비슷해집니다. 순식간에 동화되는 것은 무리이지만 함께 호흡해가는 사이에 조금씩 서로의 색깔이 스며드는 것이지요. 어느새 주변 사람들이 보면 '닮은 말투, 닮은 행동, 닮은 표정'의 두 사람이 됩니다. 맨 먼저 닮는 것은 '어휘'입니다. 그도 그럴 것이 매일 얼굴을 마주하며 대화하니까요. 이전에는 자기가 구사하지 않던 어휘도 상대가 자주 쓰면 어느새 자신의

'단어장'에 등록됩니다. 그 어휘를 자기도 모르게 다른 장면에서도 구사하는 것이지요. 또한 어휘란 건 일종의 사회적 태도와도 연계되어 있는 것이니 이는 결국 배우자의 사회적 태도를 부분적으로는 그대로 따라하는 셈이지요.

결혼생활과 구사하는 어휘의 관계에 대해 논하는 사람을 별로 본 적은 없습니다만 이는 상당히 결정적이고도 중요한 요소가 아닐까 싶습니다. 둘이서 이야기할 때 배우자의 어떤 한마디로 '이야기가 종결되는' 경우가 있지 않나요? 그 한마디의 임팩트가 자신의 뇌리에도 그대로 박히는 것이지요.

"오늘은 파스타가 먹고 싶어."

"응? 파스타? 음, 파스타라니… 어째서?"

"아무튼 꼭 먹고 싶어."

이런 대화가 오갔다고 치지요(가상의 대화입니다. 저희 집 이야기가 아닙니다!).

이 "아무튼 꼭"이라는 한마디의 임팩트가 마음 속 깊이 새겨집니다. 이렇게 되면 다른 어떤 일에 대해 누군가 "어째서 그런 건가요?"라고 물었는데 적절한 이유가 떠오르지 않았을 때는 "아무튼 꼭!"이라며 단정 짓는 자신을 발견하게 될 겁니다.

말투는 '전염'됩니다. 말과 함께 사고방식과 미의식, 가치관도 전염됩니다. 어디까지나 부분적인 이야기입니다만 전염되는 건 사실입니다. 그리하여 어느덧 그 부부는 고유의 '민족적 풍습' 같은 걸 공유하게 되는 것입니다.

이처럼 천천히 서로에게 스며드는 게 저는 좋다고 생각합니다. 둘의 사고방식과 정서의 공통점을 여러 가지 나열해보면서, "아, 이것도 같고 이것도 같네? 우리 참 닮은 데가 많구나" 같은 말을 해도 스며들지는 않습니다.

물론 공통점이 전혀 없는 것보다는 낫겠지만 결혼생활의 토대는 그런 공통점만으로는 다져지지 않습니다. 결혼생활의 참맛은 '처음부터 공감하는 부분이 많은' 데서 나오는 것이 아니라 '결혼 전에는 공감하는 것이 거의 없었는데 어느새 공감하는 일이 많아졌다'는 점에 있는 게 아닐까요?

사랑의 기적과 보너스

게다가 수십 년을 함께 살았는데 아직도 상대방을 잘 모르겠다는 겁니다. 어차피 모를 일이라면 '모른다'는 걸 전제로 우주인과 살고 있다는 마인드로 사는 편이 낫습니다.

둘 사이의 거리가 그렇게 멀지 않으니 그것을 '제로'로 만들자! 이런 마인드로 노력하는 것은 고통스러운 일입니다. 그러지 말고 둘 사이에는 천 리에 달하는 거리가 있는데 이를 평생에 걸쳐 7백 리까지 줄여보겠다는 마인드를 가져보세요. 이 정도의 '소극적' 목표를 세우는 걸로 충분하지 않을까요?

모두가 너무 '적극적'인 목표를 세워서 문제입니다. 그런 목표는 물론 달성할 수 없습니다. 그러니 뭔가 부족함을 24시간 내내 느끼는 것이지요.

영어 회화를 공부할 때 처음부터 원어민처럼 말하는 걸 목표로 세운다면 웬만한 어학 천재가 아니고서는 스트레스 때문에 지레 포기하게 됩니다. 어학 천재는 전혀 모르는 언어도 듣고 있는 도중에 문법 구조와 음운 구조를 대충이라도 파악할 수 있습니다. 그런 사람을 기준으로 어학 공부를 하면 안 됩니다. 목표는 어디까지나 낮게 설정하는 것이 좋습니다. 목표 하나를 달성하면 다음 목표를 생각합니다. 이걸로 충분하지 않을까요?

결혼생활도 마찬가지입니다. 서로가 죽을 만큼 사랑하고 완벽하게 이해하고 매일 밤 아찔한 에로스의 절정을 경험하는 관계여야만 한다고 생각하면 오래 못 갑니다.

대중가요에 "서로 안고 있어도 이 사람의 마음은 이제 여기 없네" 같은 가사가 자주 등장하곤 합니다. 하지만 저는 반대로 생각합니다. '마음이 여기 없는 사람'과도 '안을 수'

있잖아요. 그리고는 "날 사랑해?"라고 물으면 "물론이지!"라고 웃는 얼굴로 대답해주잖아요. 그걸로 충분한 거 아닌가요? 뭘 더 바라는 건가요!

이해도 공감도 할 수 없는 사람을 서로 안아줄 수 있다는 것. 무언가 부탁하면 "응, 좋아"라고 대답해주고, 이쪽도 무언가 부탁을 받으면 "좋아"라며 응해줄 수 있다는 것. 참 멋진 일 아닌가요? '사랑의 기적'이란 바로 이거라고 저는 생각합니다.

상대가 백 퍼센트 몸과 영혼을 다 바쳐 사랑하고 이해해줄 거라고 확신할 수 없는 것이 불만이라고 말하는 사람은 대단히 미안하지만 '사랑'이 뭔지 모르는 사람입니다.

타인이란 본래 매우 멀리 있는 존재랍니다. 불러도 팔을 뻗어도 닿지 않아요. 그렇게 '멀리 있는 사람'을 만질 수 있다는 것. 그 사람의 목소리를 들을 수 있다는 것. 그 사람을 꼭 안아줄 수 있다는 것. 그것만으로도 대단한 거라고 저는 생각합니다. 이 이상의 일이 일어나면 그건 '보너스'라고 생각하고 감사히 여기면 되는 겁니다.

하지만 이건 어디까지나 '보너스'입니다. 보너스를 목표로 삼으면 곤란합니다. 보너스의 이전 단계를 목표로 삼고 꾸준히 노력하다 보면 생각지도 못한 좋은 일이 일어나는 경우도 있는 것이지요. 이 정도가 딱 좋은 겁니다.

공동생활의 기본, 유쾌하게 지내기

결혼생활뿐만 아니라 타인과 함께하는 공동생활에 적절히
대처하기 위해 가장 중요한 건 '유쾌하게 지내기'입니다.

높은 목표를 설정하고 있으면 언제나 멋진 목표와 초라
한 현실 사이의 괴리에 짜증이 나거나 절망적인 심정이 들
지요. 짜증나고 절망적 상태에 있는 인간의 능력이 향상되
는 일은 없습니다. 결코 없습니다. 목표를 높게 잡을수록
목표에 도달할 가능성은 줄어듭니다. 지금 저는 당연한 이
야기를 하고 있습니다.

목표에 도달하고 싶으면 우선 목표를 낮게 잡으세요. 그
러면 매일매일 목표에 조금씩 접근하고 있음을 실감하게
됩니다. '아, 노력한 보람이 있구나!' 하는 성취감을 날마다
맛보게 됩니다. 당연히 기분도 유쾌해집니다. 유쾌해진 만
큼 능력도 향상됩니다. 따라서 더더욱 목표에 근접합니다.
이런 선순환 프로세스를 만들면 되는 겁니다.

목표를 달성하면 '그럼, 다음 목표는 이것' 하며 가까이
있는 새로운 목표를 또 정합니다. 이와 같은 방법론을 사회
공학에서는 '피스밀piecemeal'이라 부릅니다. 벽돌을 한 장씩
쌓아올리는 걸 상상하시면 됩니다. '개혁change'이나 '대전환
great reset'의 반의어이기도 합니다. 우선은 지금 할 수 있는 일

부터 하나씩 처리해가는 것. 단숨에 모든 걸 실현시키고 세상에 정의와 공정함을 구현하겠다는 생각이 위험하다는 것을 역사의 경험이 가르쳐주고 있지요.

결혼생활도 정치와 같습니다. 이상적인 최고의 결혼생활을 지금 여기서 실현하자고 마음먹고 지금의 현실을 보면 어떤가요? 누구라도 '지금 내 결혼생활은 최상이 아니야'라고 생각할 겁니다. 깨가 쏟아지는 신혼 3일차 부부를 제외한 99퍼센트의 부부는 그렇게 생각할 겁니다. '이건 내가 평생에 걸쳐 꿈꾸던 이상적인 결혼 그 자체야!'라며 확신을 가지고 말할 수 있는 사람은 없습니다.

하지만 그렇다고 해서 '그럼, 이 사람과 이혼하고 다른 사람을 찾아볼까?'라고 생각하는 것도 어리석은 일입니다. 다른 사람을 만나도 똑같은 패턴이 반복될 테니까요. 우선은 이 '불만족스러운 결혼생활'을 그럭저럭 '좀 더 만족스러운 것'으로 바꾸어갈 방안을 생각하세요.

이러한 발상도 정치와 비슷합니다. 도래해야 할 이상사회를 추구하는 정치운동은 그 이상사회의 맹아적 형태와 본보기를 지금 여기서 제시할 수 있어야 합니다.

게는 자신의 등껍질 크기에 맞추어 땅굴을 판답니다. 정치조직도 이와 같습니다. '자유롭고 민주적인 사회를 실현시킨다'는 강령을 내세우는 정당이 그 목표를 달성하기 위해 지금 강권적이고 독재적인 방식으로 움직인다면 그 정당이 장래에 실현할 사회는 강권적이고 독재적인 사회입니다. 반드시 그렇게 됩니다. 자기가 현재 소속된 조직의 원리를 확대하는 방식 말고는 다른 방도가 없는 법입니다.

즉 '자유롭고 민주적이고 평등하며, 모두가 서로 사랑하고 존경하는 사회'를 실현시키기 위한 정치 조직은 지금 여기서 이미 '자유롭고 민주적이고 평등하며, 모두가 서로 사랑하고 존경하는 조직'이어야만 합니다. 다른 형태는 존재하지 않습니다. 오직 이와 같은 조직만이 자신의 등껍질과 같은 모양의 사회를 만들 수 있는 겁니다.

유쾌함을 '선취'하기

결혼생활도 이와 같습니다. 지금 자신이 일상적으로 실행하고 있는 부부 간의 합의를 뛰어넘는 시스템을 구현하는 일은 불가능합니다. 절대로요.

만약 미래에 이상적인 결혼생활이 하고 싶다면 지금 여기에서 그것을 '선취'해야만 합니다. 이는 '형태'로는 실현할 수 없지만 '태도'로는 실현할 수 있습니다. 혹은 '콘텐츠(내용)'로는 실현할 수 없지만 '콘테이너(용기)'로는 실현할 수 있습니다.

방금 말씀드린 '태도'나 '콘테이너'라는 것은 별 대단한 게 아닙니다. 앞서 말한 것처럼 '유쾌하다'는 걸 의미합니다. 단지 그뿐입니다.

이상적인 사회에서 사는 사람들이 유쾌하듯 이상적인 사회를 실현하고자 결성된 조직은 참가자들이 모두 유쾌한 사람이어야 합니다. 만약 참가자들이 짜증내고 화내고 서로 원망하며 숨이 멎을 것처럼 격렬한 권력 투쟁을 벌이고 있다면 그 조직이 실현시킬 미래사회는 구성원들이 모두 짜증내고 화내고 서로 원망하고 서로의 숨통을 끊으려고 안간힘을 쓰는 사회가 될 것입니다.

전 개인적으로 정치사상 중에 아나키즘을 좋아합니다만 가장 큰 이유는 아나키스트들은 대체로 '유쾌한 사람들'이 많기 때문입니다. 예를 들어 칼 마르크스에 비하면 표트르 크로포트킨은 언제나 유쾌한 사람이었지요. 투옥되었을 때나 수배자가 되어 지하생활을 할 때도 크로포트킨은 주눅들지 않았습니다. 아마도 '비참한 얼굴로 일으킨 혁명은 비참한 얼굴의 사람들로 구성된 사회를 만들고 만다'는 것을 직감적으로 알고 있었던 게 아닐까요?

아나키즘이라 하면 왠지 과격한 폭력 집단 같은 이미지를 떠올릴 사람들이 많겠습니다만 사실은 그렇지 않습니다. 크로포트킨의 『만물은 서로 돕는다』을 읽어보면 아시겠지만 '아나키anarchy'라는 것은 중앙의 통치기관이나 제어기관 없이도 자율적으로 서로 돕고 지지해주는 구조를 뜻합니다. 성숙하고 선량한 시민들이 공정함을 추구함으로써 성립하는 사회입니다.

물론 현실의 시민들은 성숙해 있지도 선량하지도 않고 공정함을 추구하지 않는 사람들이 많습니다. 그런 '불량한 시민'들을 기본값으로 사회제도를 설계할지, 혹은 소수라도 '양질의 시민'을 기본값으로 사회제도를 설계할지는 지금 여기서 활동을 전개하는 조직의 모습에 큰 영향을 받습니다. 성숙한 시민들의 상호지원과 상호부조의 통치 형태를 지향하는 조직체는 그 자체가 '성숙한 시민들의 상호지원과 상호부조'의 원리로 관철된 조직이어야 합니다. 반드시 그래야만 합니다.

즉, '모두가 유쾌하게 살아갈 수 있는 사회를 만들기 위한 조직체에서는 참가자 모두가 유쾌하게 있어야만 한다'는 것입니다. 제 정치사상(이라고 할 정도로 대단한 건 없지만)을 한마디로 말하면 바로 이런 겁니다.

뭔가 어렵게 말한 것 같으면서도 결론이 터무니없이 단순해 속은 듯한 기분이 드실지도 모르겠지만, 역시 말하고자 하는 바는 이뿐입니다.

다시 결혼 이야기로 돌아오면, 결국 이상적인 결혼생활이란 어떤 조건이 충족되었는지 여부를 따지는 게 아니라 무엇보다 배우자끼리 유쾌하게 살아가는 생활 그 자체라고 할 수 있습니다. 그렇다면 '유쾌하다'는 부분을 선취해야만 할 것입니다. 그리고 이는 선취할 수 있는 것입니다.

살림살이가 어렵고 여러 가지 일이 뜻대로 풀리지 않더라도 일단은 "에이, 어떻게든 되겠지"라며 미소 지을 수 있는 '유쾌한 부부'만이 '부부가 유쾌하게 살아가는 미래'를 만들 수 있습니다. 당연한 말 아닌가요?

단란한 가족의 실상

Q. 오랜 시간 둘이서 같은 공간에 있
으면 너무 답답해요. 제 성격이 결혼
생활에 잘 안 맞는 걸까요?

가족 간에 비밀이 있는 것은 당연한 일

그건 당연한 일입니다. 좁은 공간에 둘이 있으니 혼자 있을
때보다는 답답하겠지요. 하지만 그건 상대도 마찬가지랍니
다. 서로가 겹치지 않게 어떻게 자기만의 공간을 확보할지,
이를 궁리하는 수밖에 없습니다.

생태적 지위ecological niche라는 생물학 개념이 있습니다. 특
정 자연환경 속에서 여러 종의 동물들이 공생하기 위해서
는 생활 방식을 달리하는 수밖에 없습니다. 야행성과 주행
성, 육식과 초식, 땅속에서 살거나 나무 위에서 살거나 하
는 식으로 라이프 스타일을 서로 '겹치지 않게' 확보하는 겁
니다. 상대가 없을 때, 상대가 없는 장소에서 상대가 하지

않는 일을 하는 것. 이것이 생물들이 갖춘 공생의 지혜입니다. 결혼생활도 기본은 이와 같다고 생각합니다. 상대가 없을 때, 상대가 없는 장소에서 상대가 하지 않는 일을 하는 것. 그것을 자신의 주활동으로 삼는 것. 그리고 함께 있을 때는 가능한 상대를 방해하지 않는 것.

"과거의 가정은 가족들 모두 밥상에 둘러앉아 단란한 시간을 보냈는데 오늘날의 가정은…" 하고 말하는 분이 가끔 계시지만 사실은 그렇지 않습니다.

저는 '가족 모두가 밥상 앞에 둘러앉아 단란한 시간을 보내는' 가정에서 자랐습니다. 확실히 저녁을 먹은 후 한 시간에서 한 시간 반 정도는 '일가의 단란한 시간'이었지요. 거실에서 벗어나면 안 됐습니다. 하지만 그건 가족 모두가 왁자지껄 자유롭게 이야기하면서 웃을 수 있는 시간은 아니었습니다.

아버지는 석간신문을 읽으면서 말 없이 담배만 피우셨고 어머니는 밥상 위에 가계부를 올려놓고 주판을 만지작거리셨지요. 형은 질렸다는 얼굴로 숙제를 하고 있고, 저는 뒹굴며 만화를 봤습니다. 이러한 무언의 공간 속에서 때때로 "냉장고에 배가 있는데 먹을래?"라든가 "여보, 차 좀 내줘요" 같은 짧은 말들이 잠깐 오갑니다. 일가의 단란한 시간이란 건 고작 이런 겁니다.

아버지가 귀가하기 직전까지 형은 라디오에 귀를 바싹 대고 FEN(미군방송 AFN의 전신인 극동방송) 음악방송을 듣고 있었고 저는 전화번호부를 막대기로 두드리며 드럼 연습을 했지요. 이와 같이 자기 개성을 추구하는 건 일가의 단란한 시간에는 허락되지 않았습니다. 그저 다른 사람에게 방해되지 않는 뭔가를 하면서 자리를 함께하는 것, 또는 '그냥' 거기에 있는 것이 가족에 귀속되어 있음을 증명하는 방법이었던 겁니다.

이건 이거대로 뭐 나쁠 게 있나요? 부부가 제각각 하고 싶은 일을 하면서 서로에게 방해되지 않도록 배려하는 것, 멍하니 그저 시간을 보내는 것, 이것이 단란한 가족의 완성된 모습이라고 저는 생각합니다.

가족 모두가 각자의 고민을 하나도 숨기지 않고 공유하거나, 재치 있는 농담으로 와자지껄 웃거나, 하나의 주제를 놓고 뜨겁게 토론하는 것이 '단란한 가족'이라고 생각하는 사람은 뭔가 착각하고 있는 겁니다. 그런 가정은 존재하지 않습니다. 만약 있다면 그게 비정상입니다.

일본에서는 한때 '아이 같은 어른'이란 뜻의 '어른 아이 adult children'라는 말이 유행한 적이 있지요. 부모가 알코올 중독이거나 폭력을 휘두르는 가정에서 자란 사람은 정신적으로 불안정할 것이라는 (당연한) 이야기입니다. 이에 대해 쓴 책 중에 '문제가 있는 가정'을 진단하는 체크 리스트가 있었는데, 거기에 '가족 간에 비밀이 있다'는 항목이 있었지요. 저는 그걸 보고서 도대체 어떤 인간이 이런 질문을 만들었는지 고개를 갸우뚱했습니다.

가족 간에 비밀이 있다는 건 당연한 일 아닌가요? 다른 가족들에겐 털어놓을 수 없는 뭔가를 마음속에 담고 있으면서도 하루에 한 시간 정도 모두가 한자리에 모여 '아무것도 아닌' 시간을 매일매일 보낸다면 그걸로 이미 훌륭한 가족이라고 저는 생각합니다. 생각해보세요. 가족 모두가 각자 생각하고 있는 걸 전혀 숨기지 않고 '커밍아웃' 해버리면 가족은 금방 붕괴되어버릴 겁니다.

일본 속담에 '아무리 친한 사이라도 지켜야 할 예의가 있다'는 말이 있지요. 가족들의 마음속에 '도깨비가 있는지 뱀이 있는지'는 모르지만 서로가 예의와 존경으로 대한다면 도깨비나 뱀이 나타나 가정을 파괴시킬 요소를 억제할 수 있다는 겁니다. 가정 붕괴의 위험을 진심으로 두려워하는 사람은 자신이 생각하고 있는 모든 것을 입 밖으로 꺼내지 않습니다. 참 답답하지요? 누군가와 함께 산다는 것.

5

함께 사는 이들의 커뮤니케이션

곰인형이 되는 것도
나쁘지 않다

Q. 배우자가 매일 직장에서 있었던 불만
을 쏟아내서 짜증나요. 대충 흘려 들을라
치면 왜 자기 얘기를 건성으로 듣냐면서
화를 내요.

조언이 아니라 공감을 원한다

저는 남의 뒷담화 하기를 좋아합니다. 집에 돌아오면 아내
앞에서 밖에서는 할 수 없는 온갖 남의 흉이란 흉은 다 봅
니다. 그렇게 제 안의 '노폐물'을 제거하는 것이지요. 이게
뭐 나쁜 건가요? 집 밖에서 일어난 일은 집 안으로 들여오
지 않는 게 좋다고 하는 사람들이 있습니다만 그런 건 케이
스 바이 케이스라고 생각합니다.

그러므로 거꾸로 아내가 제게 어떤 불평을 늘어놓아도
"아, 그래요"라며 수긍해주긴 합니다만 말의 내용을 그렇
게 귀담아 듣고 있는 건 아닙니다. 아내도 딱히 제게 조언

을 요구하는 게 아니니까요. 단지 "참 너무하지?" "응, 정말 너무했네!" 하면서 공감해 달라는 의미이므로 꼬박꼬박 맞장구만 잘 쳐주면 특별히 문제는 없습니다.

불평을 늘어놓는 사람은 상대방이 "응? 지금 뭐라고 했지? 처음부터 다시 얘기해줄래? 제대로 검토해보고 싶거든" 같은 반응을 보이기를 기대하진 않습니다. "어째서 그런 문제가 일어났지. 역사적 배경을 고려하자면 당신 주장에 대한 옳고 그름은 섣불리 판단하기 어렵군" 혹은 "그런 이야기는 나한테 해봐야 아무 소용도 없잖아? 나는 당신 직장에 아무런 영향력도 없는걸" 같이 '지당한 말씀'을 하면 불평을 늘어놓는 쪽이 더욱 짜증날 게 뻔합니다.

제대로 듣지 않는다고 혼나는 건 어쩔 수 없습니다. '제대로'라는 것의 기준이 있는 게 아니니까요. 불만을 늘어놓는 사람은 '조언'을 원하는 게 아닙니다. 더욱이 "그건 당신이 틀렸구만" 같은 말을 듣고자 하는 것도 아니지요. "아, 그랬구나. 참 고생하네" 같은 맞장구를 원하는 것이므로 그 맞장구만 잘 쳐준다면 일단은 '이야기를 제대로 듣고 있는' 게 됩니다.

그러니 상대가 불평을 늘어놓을 때는 그저 이쪽은 신문을 넘기면서 "아, 그랬어?" 하는 반응 정도를 해주면 되지 않나요? "당신 정말 내 말을 듣고 있는 거야?"라고 상대가 추궁하면 "응, 듣고 있어. 듣고 있다구!" 하고 대응하면 됩니다. "정말? 그럼 내가 5분 전부터 하던 이야기를 정리해서 말해봐"라고 추궁하면 그때는 후다닥 무릎을 꿇고 "죄송합니다! 사실 아무것도 듣지 않고 있었어요"라고 사과하면 됩니다. 보통은 이런 상황까지 가는 경우는 없지요(저는 딱 한 번 딸에게 이런 상황으로 추궁당한 적이 있습니다만).

그도 그럴 것이 독신 여성들은 집에 돌아오면 곰인형에다 대고 "오늘 참 힘들었어. 과장이란 놈이 말이야…"라며 불만을 털어놓지 않나요(제 상상에 불과합니다만). 기능적으로는 배우자도 그 곰인형과 똑같습니다. 배우자의 경우엔 '음성 반응 기능'까지 있으니 테디 베어보다 더 낫지 않나요? 상대방에게 테디 베어가 되는 것도 나쁘지 않다고 봅니다. 이야기 도중에 술이 마시고 싶으면 "죄송합니다. 제가 테디 베어로서 한잔 하고 싶은데 한 잔만 마셔도 될까요?"라고 물으면 되는 것이고, 목욕을 하고 싶으면 "제 털이 좀 더러워져서요. 씻고 와도 될까요?"라고 물으면 됩니다. 상대방의 "응, 좋아"라는 허락을 받고 천천히 자리에서 일어나면 되지 않을까요?

오랫동안 함께하는 과정에서 이야기를 점점 듣지 않게 되는 것은 그 이야기가 대체로 비슷한 이야기의 반복이기 때문입니다. 부부간의 이야기는 80퍼센트가 같은 이야기입니다. 정말이에요. 하지만 그건 '해결할 수 없는 문제'이기 때문에 반복되는 겁니다. 이야기 도중에 "아, 그건 이렇게 하면 되겠어!"라며 깔끔하게 해결책이 나올 만한 이야기라면 누구나 주의 깊게 경청할 것입니다. 하지만 "당신 그 성격 좀 어떻게 해봐" 같은 이야기는 "응 그래, 어떻게 좀 해볼게"라고 대답할 수 있는 문제가 아니잖아요. 결국 이렇게 같은 이야기가 반복되는 것이지요.

성격 문제는 상당히 근본적인 문제입니다만, 이처럼 근본적인 난제이기 때문에 아무리 열심히 듣는다 한들 뾰족한 해결책이 나오는 것이 아닌 것이지요. 100번째 듣는 이야기를 초심으로 돌아가 처음 들었을 때의 집중력을 그대로 유지하면서 들어달라고 요구하는 건 무리입니다.

> Q. 남자들은 어째서 여자가 뭔가를 물으면 "별거 없었어" 하고 대답하는 건가요? "오늘 회식 자리는 어땠어?" 물으면 "별거 없었어"라고만 해요.

'보고'는 하기 싫기 마련

"별거 없었어"라는 말로 충분하지 않나요?

170

배우자에게 일과를 자세히 보고하라고 요구하는 건 좋지 않습니다. 앞에서도 말씀드렸지만 '불만'을 털어놓고 싶으면 말할 겁니다. 말하면 어느 정도 기분이 나아지니까요. 하지만 '보고'는 해봐야 나아질 게 없습니다.

정말 재미있는 일이 있으면 그 기분을 누군가와 공유하고 싶으니까 스스로 먼저 말을 꺼내게 됩니다. "응, 회식 자리에서 야마다가 흥을 주체하지 못하고 주전자를 머리에 뒤집어쓰고 춤을 췄어. 모두가 빵 터졌지. 주전자를 벗으려고 했더니 귀랑 코가 걸려서 안 벗겨지는 거야. 잡아당겼더니 야마다는 울고불고 난리가 아니었어!" 같은 일이라면 집에 돌아오자마자 일단 아내에게 말했을 겁니다. 이만큼 임팩트 있는 일이 없었기 때문에 "별거 없었던" 게 아닐까요?

남편에게 보고, 연락, 상담을 바라는 아내들이 종종 있습니다. 그날 일어난 모든 일에 대해 보고해주기를 원하는 사람들이지요.

"집에 돌아왔습니다. 보고 드립니다. 오늘 아침 회사에 출근해 업무를 본 후 12시 30분부터 시부야(도쿄의 최대 번화가)에서 점심식사를 했습니다."

"뭘 먹었는데요?"

"국수요."

"그 다음엔?"

"예. 찻집에서 차를 마시고 오후 업무에 복귀했어요."

이와 같은 보고를 원하는 사람들은 보고하는 사람이 하는 거짓말을 금방 알아챕니다.

"잠깐! 바로 복귀한 거 맞아요?"

"음...."

이렇게 되는 겁니다.

그날 우연히 전 여자친구를 역 앞에서 만나 "야, 오랜만이네" 인사하며 차를 마신 후 전화번호를 물어본 날이었습니다. 하지만 '이 일을 괜히 말했다간 복잡해질 것 같으니 보고에서 생략해야겠다' 같은 약간의 '부정한 생각'이 상대방에겐 다 감지되는 것입니다.

"그 시간대에 뭔가 있었던 거 아니야?"

"아, 잠시 깜빡했네. 시부야역 앞에서 우연히 친구를 만났어."

"여자죠?"

"……."

"어째서 먼저 말하지 않은 거죠?"

"미안. 그만 깜빡했어."

"나한테 말하고 싶지 않은 일이었으니까 말하지 않은 거겠지. 흐음, 그 사람 혹시 당신 전 여자친구 아닌가요?"

이렇게 되어버립니다.

어떻게 다 아는 걸까요? 민완형사처럼요.

이러한 '보고, 연락, 상담'을 요구하는 배우자는 사실 남편의 일상적인 행동에 관심이 있는 건 아닙니다. 그보다는 남편의 보고 속에 이따금씩 섞이는 '평소와는 약간 다른 점'에 대한 자신의 고성능 감지 능력이 작동하는 것을 즐기고 있는 겁니다.

순간적으로 말을 더듬거나 살짝 길어지는 침묵에 '번쩍' 하고 느낌이 오는 겁니다. 거기에 '내게는 말하고 싶지 않은 무언가'가 숨겨져 있음을 귀신처럼 알아차립니다. 여성들 중에는 그런 능력이 비상하게 발달한 사람들이 있지요. 그들은 그런 능력을 발휘함으로써 기쁨을 느낍니다. 본인은 기쁠지 몰라도 당하는 입장에선 그런 능력은 뭔가 사회적으로 유용한 다른 일에 활용해주었으면 좋겠다는 생각이 들기 마련입니다.

인사를 잘 나누기만 해도

Q. 가능하면 서로 불평하지 않고 항상
유쾌하게 지내고 싶은데요.

서로의 거리를 확인하는 '인사'

한 가지 구체적인 제안을 드리지요. 부부 관계는 일곱 가
지 인사를 할 수 있다면 일단 '합격점'이라고 저는 생각합니
다. 일곱 가지 인사란 '잘 잤어요?' '잘 먹겠습니다' '잘 먹
었습니다' '다녀오겠습니다' '잘 다녀오세요' '어서 오세요'
'잘 자요'입니다. 이 일곱 가지 인사를 할 수 있다면 대부분
의 가정은 원만한 가정입니다. 이 습관이 잘 들어 있는 것
만으로도 가정은 이미 충분히 기능하고 있다고 저는 생각
합니다. 가족 모두가 이 인사를 빠뜨리지 않고 잘만 한다면
일단은 그 이상의 무언가를 요구해서는 안 됩니다.

아침에 상대가 일어난 것 같아 "잘 잤어요?"라고 했는데도 대답이 없거나 "다녀오겠습니다" 말했는데 아무도 "잘 다녀오세요"라며 배웅해주는 사람이 없다거나 반대로, 철커덩하고 현관문 닫히는 소리만 들려서 "어라? 아무 말도 없이 나가버렸네…" 하고 말하게 되는 상황. 이런 상황은 상당히 서로에게 상처를 주는 상황입니다. 일이 끝나고 귀가했는데 아무도 "어서 오세요"라고 말해주지 않는 건 꽤 섭섭한 일이지요.

제가 혼자 자취할 때는 아버지 영정 사진 앞에서 두 손을 모으고 "다녀오겠습니다" "지금 돌아왔습니다"라며 인사를 했습니다. 이런 걸 말할 수 있는 상대가(실재하지 않는 환상이라도) 없으면 자신이 왜 사는지 그 삶의 의미를 상실하게 되는 것 같더군요.

영정 사진에 대고 인사하는 것과 지금 여기 살아 있는 가족들에게 인사하는 건 본질적으로 같은 거라고 봅니다. 거꾸로 말하면, 살아 있는 가족들 또한 죽은 자와 마찬가지로 멀리 있는 존재라는 겁니다. 그러므로 인사할 때는 머리를 숙이거나 두 손을 모읍니다. 이처럼 확실히 '존경의 의사'를 표현하지 않으면 상대에게 자신의 마음이 전달되지 않습니다. 그 정도로 '멀리 있는' 사람과 함께 살고 있는 겁니다. 그 거리감을 확인하는 것이 '인사'라고 생각합니다.

거리감을 소중히 여기기

중요한 건 '거리'입니다. 상대를 잘 모른다는 것을 전제로 관계를 구축해나가는 것. 그것이 중요합니다. 거리감 없는 사람이 가장 대응하기 어려운 존재이지요.

친밀감과 애정은 '거리감이 없는 것'으로 표현되는 거라 생각하는 사람들이 많습니다. 어쩌면 대부분의 사람들이 그럴지도 모르지요. 하지만 상대에 대해 존경의 의사를 표현하지 않는 것. 더 나아가서 '상당히 실례가 되는 태도를 취하는 것'이 애정 표현과 친밀감의 기호라고 생각하면 엄청난 트러블로 이어집니다.

어느 식당에서 점심을 먹고 있을 때입니다. 우연히 옆 테이블에 앉은 젊은 커플이 처음부터 끝까지 각자가 고른 메뉴와 먹는 방식에 대해 시끄럽게 서로 트집을 잡고 있더군요. 아무래도 그들은 그렇게 하는 것이 '친밀함'의 표현이라 믿고 있는 것 같았습니다. 마치 '서로에게 이렇게나 거리낌 없이 대할 수 있는 우리 사이 참 좋아 보이죠?'라며 옆에서 혼자 밥을 먹고 있는 고독한 중년의 남자(저입니다)에게 애정을 과시한 것이 아닐까 싶습니다.

하지만 그 도를 넘어선 친밀함의 표현이 이어진 결과, 밥을 다 먹었을 즈음에는 둘 사이의 분위기가 상당히 험악해져 있더군요. 저는 그들의 '친밀한' 관계가 그 후에도 지속되었을 거라고 생각하지 않습니다. 아마 어느 순간 "이제 그만 작작 좀 하지!" 하며 폭발하지 않았을까요? 저는 그런 쉴 새 없는 트집을 견뎌낼 자신이 없습니다.

존경의 의사란 결국 거리감의 표현입니다. '당신에 대해서는 잘 모릅니다. 때문에 제가 실례를 범해 당신이 상처입거나 화가 날 수도 있습니다. 그건 원치 않는 일이므로 먼 거리에서 살며시 다가가겠습니다'라는 것이 존경의 의사를 표현하는 것입니다.

시라카와 시즈카白川静 선생이 펴낸 사전 『자통字通』에 따르면, 존경 '경敬'의 원래 형태는 양두인(중국 창족) 앞에 축도의 그릇을 놓는 형태였답니다. 창족羌族은 고대 중국의 변경 지역에 살던 부족으로, 제사를 지낼 때 '산 제물'로 쓰였다는 사람들입니다. 그들의 목에서 흘러나오는 피를 축도의 그릇에 받아내는 것이 '경'입니다. 여기서 의미가 변화하여 종교적인 제사에 임하는 마음가짐을 표현하는 말이 된 것입니다. 『논어』에 나오는 경귀신이원지(敬鬼神而遠之, 귀나 신은 공경하되 멀리할 것)가 '경'의 전형적 용법이라 할 수 있습니다.

즉, 존경의 의사라는 건 상대가 '귀鬼 신神일지도 모른다'는 두려움에 근거한 감정인 것입니다.

저도 분명 제 아내로부터는 '잘 모르겠는 인간'으로 여겨지고 있을 겁니다.

제 말과 행동 하나하나의 의미는 알지 몰라도 왜 합기도장을 열었는지, 왜 외출하기를 싫어하는지, 왜 입으로는 "싫다, 싫다" 하면서 계속 책을 쓰고 강연을 나가는지 이런 근본적인 부분은 모를 겁니다. 제 자신도 모르기 때문에 다른 사람이 모르는 건 당연한 일이겠지요.

다른 사람을 돌보는 법

Q. 상대가 건강이 좋지 않을 때나 정신적으로 불안정할 때는 어떻게 돕는 게 좋을까요?

민폐를 끼침으로써 건강을 회복하는 존재

몸이 약해져 있을 때 인간은 자신감을 잃고 애정에 목말라하게 되는 법입니다. 일단은 가능한 상냥하게 대해주면 되지 않을까요? 정신적으로 불안정한 사람은 아무래도 주변 사람에게 상처 주는 말과 행동을 하기 십상인데, '간병'에는 이처럼 '환자에게 상처 받는 것'도 포함되어 있습니다. 이를 염두에 두고 간병하시는 것이 좋습니다. 환자가 간병인 기분을 상하게 하더라도 그럴 '권리'를 환자에게 무조건 인정하는 것 또한 간병의 일부입니다.

가까운 사람이 환자였던 적이 있는 사람은 잘 아시겠지

만 환자라는 존재는 대체로 제멋대로 굴고 불평을 늘어놓고 생산적인 일은 하지 않으며, 주변에 민폐를 끼침으로써 건강을 회복하는 존재입니다. 환자에게 "멋대로 굴지 마" "불평하지 마" "뭔가 생산적인 일을 해봐" "사람들에게 민폐 되는 행동은 하지 마"라고 말하는 건 간병이라 할 수 없습니다. 이는 단순히 '쓸데없는 참견'입니다.

병들어 누웠을 때 듣고 싶은 말은 "지금은 뭔가 열심히 하려고 하지 않아도 돼" "노력하지 않아도 괜찮아" 같은 말입니다. 환자는 지금 살아 있는 것만으로도 필사적이기 때문에 '그 이상'을 요구하면서 격려하는 건 곤란합니다. 격려는 건강한 사람을 상대로 하는 것이니까요.

또한 "넌 일을 너무 많이 했어" "폭음에 폭식했잖아" 같은 설교도 금물입니다. 왜 병에 들었는지는 본인이 가장 잘 알고 있습니다. 본인이 마음속 깊이 반성하고 있는 상황에서 "반성하라"고 말해서는 안 됩니다.

어린 시절 '이제 슬슬 숙제를 해볼까…' 하고 마음먹은 순간 어머니가 "애, 그만 좀 놀고 숙제해!" 하고 윽박지르면 '숙제 따위 내가 하나 봐라' 하는 생각이 든 적 있지 않나요? 자신이 마음속으로 생각하고 있는 반성 포인트를 타인에게 지적받으면 '내가 반성할 줄 아나 보지? 어리석긴' 같은 기분이 되어버립니다.

반성이란 건 심신이 건강하고 여유가 있을 때 하는 겁니다. '오늘은 참 한가하네. 뭐 할 일 없을까? 음, 그래. 오늘은 여태껏 저지른 어리석은 행동들을 하나하나 반성해볼까!' 이런 겁니다.

병이 빨리 나으면 좋겠다고 진심으로 바란다면 환자로 하여금 자기를 비하하게 하는 말을 결코 해서는 안 됩니다. 그보다 환자의 삶을 긍정하세요. "넌 일을 너무 많이 했어"가 아니라 "정말 열심히 일했잖아. 고생 많았어. 지금은 몸이 쉬고 싶다니까 푹 쉬어"라고 말하면 됩니다. 그렇게 말하는 게 더 빨리 회복되니까요.

간병이란 '병에서 빨리 회복되도록' 돕는 것이죠. 그렇다면 환자가 가장 빨리 회복되는 길을 생각하면 됩니다. 책망하고 질책하는 것은 회복에 아무런 도움이 안 되니까요.

> Q. 배우자가 자신감을 잃고 주눅 들었을 때는 어떤 말로 격려해줄 수 있을까요?

칭찬의 효과

자신감을 잃은 사람이 마지막으로 의지하는 것은 '칭찬의 말'입니다. 뭐든지 상관없습니다.

가장 효과적인 칭찬은 외모에 대한 칭찬입니다. '멋있다, 귀엽다, 예쁘다'는 말에 강하게 반발할 수 있는 사람은 남녀를 불문하고 없습니다. 일단은 "당신 참 예쁘다"고 말하세요. 상대가 "거짓말!"이라거나 "능청스런 소리 그만해!"라고 해도 신경 쓰지 말고 계속 말하세요.

사람들은 대부분 외모에 대한 자기평가를 항상 높게 설정하지만 어딘가 미묘한 부분에서 자신감이 부족합니다. 정말 신뢰할 만한 증거가 없으니까요. 그 자신감은 다른 사람이 "당신 참 예뻐" "참 멋져"라고 해주는 말로만 충족될 수 있습니다. 바로 이 점을 노리면 됩니다.

이는 위로가 아닙니다. 별다른 문맥이 없는 겁니다. 주눅 들어 어깨가 축 처진 사람의 어깨를 두드리고 머리를 쓰다듬어주면서 "정말 예쁘다!" 혹은 "멋있어!" 같은 적당한 표현을 찾아서 얘기해주세요. 이런 말은 전혀 위로가 되지 않을 거라고 이론적으로 생각하면 안 됩니다. 실제로 효과가 있으니까요. 어떤 말이든 좋으니 일단 한번 해보세요.

확실한 효과가 있는 칭찬 중 또 하나는 "너 참 재능 있다"는 말입니다.

주눅 들어 있는 사람에게는 외모를 칭찬한 후 "너한테 재능이 있으니까 주위 사람들이 질투하는 거야"라고 추켜세우는 것이 효과적입니다.

왠지 많은 사람들은 자신의 실수에 대한 타인의 질책에 '나의 재능이 부당하게 저평가되고 있다'고 생각하는 경향이 있습니다. 그리고 그 '부당한 저평가'의 이유를 '질투'로 설명하려는 경향이 있지요. 자기 입으로 그런 말을 하는 건 부끄러운 일이기 때문에 말로는 표현하지 않겠지만 마음속에서는 그렇게 생각하는 것입니다. 말로 표현하지 않더라도 마음속에는 담아두는 것이지요.

바로 그 점을 공략하여 말로 표현하면 됩니다. 이건 대단히 효과적이에요. 게다가 '질투'는 타인의 마음속에 있는 것이므로 입증할 수도 반증할 수도 없습니다. 애당초 "아니, 그럴 리가 없어. 누구도 내 재능을 질투하는 사람은 없어"라고 확언할 수 있을 정도로 자기평가를 정확히 할 수 있는 사람은 자신감을 잃고 주눅 들지도 않습니다.

성적 취향에 대해

Q. 결혼에서 성적인 요소는 얼마나
중요할까요?

가능한 관대하게, 생긋 웃으며

그런 위험한 질문에 대한 답변은 가능한 피하고 싶습니다
만. 남자와 여자는 섹스에 대해 서로 추구하는 바가 전혀
다르다고 봅니다. 동성 간에도 개인차가 엄청 크니까요.

　제 성적 환상에 대한 세간의 공감도는 대단히 낮을 거라
생각합니다. 설령 제가 성적인 환상을 최대한 동원해서 포
르노 소설을 쓴다 하더라도 "엥? 이게 뭐야? 도대체 뭐가
재미있다는 거지?"라며 아무도 읽어주지 않을 것만 같습니
다. 성적 취향에 대해서는 남자들끼리도 공유하기 어려울
정도니까요. 하물며 남자와 여자의 성적 욕망이 딱 맞을 거
라고는 기대하지 않는 편이 좋을 겁니다.

성적 취향이 정확히 일치하는 사람과 아찔한 에로스의 절정을 경험해보겠다는 건 아무래도 무리한 기대가 아닐까 싶습니다(물론 그런 경험을 꼭 해보고 싶다는 사람은 그쪽 방향으로 나아가셔도 상관없습니다만).

그보다는 자신의 파트너가 자기와는 완전히 다른 성적 기호를 가지고 있더라도 이에 대해 미소 지을 수 있는 매너를 체득하는 것이 중요하다고 봅니다. 긴 안목으로 보면 이것이 더 '성적으로 성숙한' 것이라고 봅니다. 타인의 성적 욕망과 기호에 관대한 사람일수록 자신의 성생활에서도 나름대로 유쾌한 시간을 오랫동안 유지할 수 있지 않을까요? 어쨌든 넓은 의미의 '성욕'이란 유성생식을 하는 모든 생물에게 있는 것이니까요. 지렁이도 땅강아지도 생식은 하잖아요? 인간도 생물학적으로는 비슷하다고 봅니다.

기호보다 신체성을 소중히

남자의 성욕에는 '기호적' 요소가 강하고 작용하고 있습니다. 좋은 차를 탄다든가, 좋은 옷을 입었다든가, 좋은 시계를 찼다든가 하는 것과 같이 '멋진 여자를 데리고 다니는' 것을 기호적으로 과시하려 들지요. 그것을 통해 자신의 남

성적 '강함'이 표현된다고 믿는 것이 남자입니다. 이는 파트너의 신체에 대한 '친밀감'과는 별 상관이 없습니다. 그러므로 파트너를 얻기까지는 격렬하게 욕망이 불타오르지만 일단 내 것으로 만들면 다른 사치품과 같이 새로운 욕망을 환기시켜줄 대상으로 눈을 돌립니다.

기호적 욕망에 충실할 경우 점점 '이상한 짓'을 하기 시작하지요. 성욕의 구조가 기호적인 남성의 경우는(대부분의 남자가 그렇긴 하지만) 파트너에게 성적 매력을 느끼지 않게 되면 '기호의 배치를 바꾸는' 행동을 하는 경우가 흔히 있습니다. "여고생 교복 입어볼래?" 하는 식으로 말이죠.

현대인의 성생활은 대부분이 뇌의 망상에 의존하고 있는 것으로 보입니다. 이를 매스컴이 부추기고 있지요. 당연하다고 봅니다. '섹스 시장'이 엄청난 규모의 거대한 시장이기 때문입니다. 여기에 일본 경제는 상당 부분 의존하고 있습니다. 그렇다면 파트너와 서로 껴안고 속삭이는 걸로는 '충분'할 수 없습니다. 그 정도 수준에서 둘이 만족해버리면 경제가 무너지고 맙니다. 화장품이나 향수, 의류, 자동차, 펜트하우스, 샴페인, 약물 등 어쨌든 모든 자원과 수단을 동원해서라도 '최고의 섹스'를 추구하게 만들어야(그리고 금방 질리게 만들어야) 경제적으로 유지가 됩니다. GDP 중 '섹스 관련 경제 활동'이 차지하는 비중이 얼마나 될까요? 우리 상상을 훨씬 뛰어넘는 수치일 거라 예상합니다.

경제성장을 위해 성적 욕망을 부추기는 것은 방법론적으로는 효과적이라고 봅니다. 버블경제 시기에는 레스토랑, 호텔, 스키장, 디스코텍 등 정말 '그런 것'만으로도 경제를 웬만큼 유지할 수 있었으니까요. 하지만 뭔가 좀 쓸쓸하지 않나요?

섹스란 원래 더욱 신체적인 것이라고 생각합니다. 신체적 친밀함. 살짝 닿으며 느끼거나 쓰다듬거나 껴안거나 부드러운 목소리로 속삭이거나. 이런 신체적인 생리적 쾌감을 인간은 필요로 합니다. 살이 맞닿을 때의 따뜻함 같은 것이 인간에게는 필요하다고 봅니다. 이는 기호적인 것이 아니라 보다 생물적인 것입니다.

경제나 매스컴, 기호와 무관한, 보다 원시적이고 친밀한 성생활이어도 좋다고 저는 생각합니다. 레비 스트로스의 『슬픈 열대』를 보면 아마존의 인디오들이 파트너끼리 서로 교감하는 장면이 나옵니다. '머리 땋아주기' '귀 청소 해주기' '문신 새겨주기' 등이 나오지요. 이와 같이 천천히 시간을 들여서 하는 신체 접촉이 그들에게는 대단히 에로틱한 경험이라고 합니다. 이런 것도 나쁘지 않다고 생각합니다.

6

집안일과 살림살이

가사, 다른 시선으로 보기

Q. 가사 분담을 둘러싸고 항상 다퉈요.
어떻게 하면 좋을까요?

공평한 배분은 애당초 불가능하다

가사를 끝없는 고역이자 부부 간에 공평하게 분담해야 하는 일이라고 생각하는 이상 다툼은 끝이 없을 겁니다. '고역의 배분'에 당사자 모두가 납득할 만한 접점이 있을 리가 없지요.

"내가 청소를 할 테니 당신은 설거지를 해요." "당신 방 청소는 방을 대충 훑은 정도로 보이는데? 내 설거지는 접시가 반짝반짝 빛이 날 정도야. 수준이 달라 수준이." 이런 식으로 말하기 시작하면 정말 끝도 없을 겁니다.

가사노동이란 건 규격화할 수 없으며 수치화도 할 수 없습니다. 청소 10점, 빨래 7점, 다림질 5점, 창문 닦기는 4점… 이런 식으로 점수를 배분해서 가사노동을 분담하려는 사람이 있을지도 모르지만 사실 이는 불가능한 일입니다. 누군가는 자신이 맡은 역할의 중요성을 과대평가하고 상대가 맡은 역할의 중요성을 과소평가할 테니까요. 결국 시간만 낭비할 뿐입니다. 가사를 정확하고 공평하게 분담하는 것은 불가능한 일입니다. 그러므로 발상 자체를 바꾸어야 합니다.

물론 몇 가지 대안이 있습니다. 하나는 가사를 아내나 남편 두 사람 중 한쪽이 전부 맡고 나머지 한 사람은 전혀 하지 않는 것을 기본값으로 설정하는 겁니다.

아내가 가사노동을 모두 도맡는 가정에서는 아내가 없으면 남편은 밥도 못하고 목욕물도 못 데우고 자기 팬티도 못 찾는 상황이 벌어지지요. 이는 가사노동을 하지 않는 특권의 대가로, 가정 내에서는 완전히 무능해지고 아내의 도움 없이는 살아갈 수 없는 존재라는 사실을 수용했음을 뜻합니다.

전업주부가 대세였던 시대에는 아내는 경제력이 없고 남편은 가사 능력이 없는 식으로 '헌 짚신도 짝이 있다'는 상호의존 관계가 성립해 가정은 그런대로 굴러갔습니다. 하지만 오늘날은 그렇지 않습니다. 아내들도 남편과 같이 직장에 다니는 경우, '여성이 가사를 전부 담당한다'는 건 체력적으로도 불가능합니다.

하지만 '고역의 분배'를 위해 비생산적인 교섭으로 서로에게 상처를 주기보다는 어느 한쪽이 '가사노동은 전부 내 일'이라고 각오하는 편이 체력적으로는 힘들겠지만 심리적으로는 그나마 낫다고 봅니다. 어디까지나 '그나마' 낫다는 것입니다만.

아무리 그래도 일 끝나고 지친 상태로 집에 왔는데 배우자가 옷을 거실 한구석에 아무렇게나 벗어던져 놓고서는 "자기야, 밥 언제 돼?" 그러면 화가 머리끝까지 치미겠지요. 이런 사태는 물론 피할 수 없습니다.

또 하나의 해결책으로 '가사는 그 누구의 담당도 아니다'라는 규칙을 도입하는 것입니다.

'아, 이제 슬슬 밥을 해야겠는데?'라고 생각한 사람이 밥을 하면 됩니다. '청소 좀 해야겠는걸?' 싶은 사람이 청소를 하면 됩니다. '이불을 널어야겠다'고 생각한 사람이 이불을 넙니다. 먼저 인지한 사람이 하기. 절대로 "자기야 그것 좀 해줘"라고 명령하지 않습니다. "여보, 뒹굴거리지만 말고 좀 도와줘"라고도 말하지 않습니다. 그저 먼저 인지한 사람이 자기가 책임지겠다는 생각으로 일을 진행시킵니다.

그 대신 부부 둘 다 '아, 밥 해야겠다'고 인지하지 못하는 날엔 밥을 못 먹겠지요. 방을 오랫동안 청소하지 않아 혼돈에 빠져버리는 경우도 있을 겁니다. 아무도 이불 널 타이밍을 찾지 못해 이불이 눅눅해질 때도 있겠지요. 하지만 이정도는 참는 수밖에 없습니다.

이런 생활이 장기화되면 둘의 호흡이 잘 맞아 '집에 돌아가면 왠지 밥이 되어 있을 것 같아' 혹은 '오늘은 뽀송뽀송한 이불에서 잘 수 있을 것 같아' 등 어느 정도 예상이 가능해집니다(물론 빗나갈 때도 있겠습니다만). 부부의 호흡이 잘 안 맞으면 여러모로 불편한 시스템이긴 합니다만, 고역의 분배에 대한 교섭을 하지 않아도 된다는 점에서 저는 이 시스템을 추천하는 바입니다.

'청소를 즐긴다'는 선언

한 가지 더! 최후의 방편이 있습니다.

그것은 '가사는 쾌락이다'라는 착각에 빠져 중독되는 것입니다. 둘 중 누가 더 많은 쾌락을 느낄지 경쟁하는 것입니다. 발상을 바꾸면 됩니다. '가사는 즐겁다'고요. 그러면 "그거 내가 할 거야!" "싫어, 내가 할 거야!"와 같이 가사 쟁탈전이 시작될 겁니다.

마크 트웨인의 『톰 소여의 모험』에 이런 일화가 등장합니다. 아주머니가 톰 소여에게 담장에 페인트칠을 해달라고 부탁합니다. 톰은 한 계책을 생각하더니 휘파람을 불며 매우 즐겁게 페인트칠 작업을 하지요.

그 옆을 지나치던 친구들이 그 모습을 잠시 쳐다보다가 조금 관심이 생겨 "어이, 톰! 나도 한번 해보자"고 부탁합니다. 톰은 "무슨 소리 하는 거야? 이런 재미난 일을 넘겨줄 순 없지. 랄랄라~" 하며 작업을 계속합니다. 친구들은 더 이상 참지 못하고 "어이, 제발 나도 페인트칠 좀 해보자. 대신 이 사과 줄게"라며 애원하기에 이릅니다. 톰은 마지못해 페인트붓과 사과를 교환하고는 "뭐, 사과도 받았으니 저녁때까지 이 담장을 다 칠할 권리를 넘길게" 하고는 그 자리를 떠나 다른 곳으로 놀러 가지요.

이런 이야기입니다. 이는 고역을 쾌락으로 재해석하는 고등기술의 적용 사례입니다.

실제로도 이렇다고 봅니다. 다림질의 경우, 어린 시절에는 위험하다는 이유로 어른들은 허락해주지 않았지요. 그래서 자취를 시작하고 다리미와 다림질판을 사서 다림질을 할 때 꽤 기분이 좋았습니다. '집안일도 꽤 즐거운걸' 하는 생각이 들더군요. 지금도 다림질은 매우 좋아합니다.

잘 드는 식칼로 싹둑싹둑 야채를 자르는 것도 좋아합니

다. 이것도 어린 시절엔 어른들이 못하게 했던 것이지요. 그래서 밥을 할 때도 아내가 "야채는 내가 대신 썰어둘까?"라고 제안해도 거절합니다. 이렇게 재미있는 일을 넘겨줄 순 없지요.

이처럼 '진짜 좋아하는 집안일'의 리스트를 조금씩 늘려가다 보면 이상하게도 정말로 가사가 즐거워집니다.

그러므로 일단은 선언하세요. "나는 요리를 좋아해"라고 선언하세요. 그러면 '아 그렇구나. 나는 요리를 좋아했던 거구나'라며 정말로 그렇게 생각하게 됩니다. 집안일 중에선 요리, 다림질, 빨래가 꽤 즐거운 축에 듭니다.

어려운 건 청소입니다. 집안일의 '고역'이 무엇인지 하나하나 따져보면 결국 남는 건 청소라고 해도 과언이 아닙니다. 그러므로 이거야말로 선언하는 수밖에 없습니다. 세계를 향해 외치는 겁니다. "나는 청소를 사랑합니다!"라고요. 연하장에는 '연말에 제가 정말 좋아하는 대청소를 하고 났더니 기분이 좋습니다'라고 쓰세요. 물론 이력서에도 '취미: 청소와 창문 닦기'라고 쓰구요.

다른 사람을 향해 공언하고 맹세하면 주변으로부터도 '아, 원래부터 그런 사람이구나'라는 평가를 받게 됩니다. 그러면 모든 일의 톱니바퀴가 맞물려 굴러가기 시작합니다. 지인이 "이 청소도구 정말 사용하기 편리해" "창문 닦을 때 이 세제를 꼭 써봐"라며 여러 가지 조언을 해줍니다. 청소도구 이야기로 흥분하는 자신을 보고는 자신이 정말로 청소를 좋아한다고 조금씩 믿기 시작합니다. 정말이에요.

실제로 저도 블로그에 이렇게 쓴 적이 있습니다. "올 한 해도 저물어 가는군요. 베이초(米朝, 일본의 유명한 라쿠고 만담가)의 만담과 비치 보이즈 노래를 들으면서 카펫 먼지를 솔로 털어내고 있습니다"라고 일부러 써둡니다. 선언하는 겁니다. 처음부터 좋아하는 거였다면 선언 따위는 하지 않겠지요. 주위 사람들에게 선언하지 않으면 좋아하기 어렵기 때문에 선언하는 겁니다.

저희 집에는 반 년에 한 번 정도 '청소 부대'가 방문해 청소를 도와줍니다. 저희 집에서 가끔 잔치를 벌이기 때문에 그 답례로요. 그 사람들이 재빠르게 주방을 청소해주고 냉장고도 반짝반짝 빛나게 닦아줍니다.

그것도 제가 '청소를 좋아한다'고 선언했기 때문이라고 생각합니다. 제가 청소를 싫어해 "아아, 정말 싫다. 청소는 정말 하기 싫어"라고 말했다면 역시 와주지 않았을 겁니다. 제가 "청소를 좋아한다"고 선언했기 때문에 "우치다 선생님이 재미있는 일을 하고 계신 모양이니 가서 같이 놀아야겠다"는 기분이 듭니다. 그렇게 와자지껄 청소를 하고는 잔치판에 가서 앉는 겁니다.

남자는 기호적, 여자는 실리적

Q. 저는 청소와 정리를 너무 못해서 문제
예요. 같이 사는 사람에게 혼도 많이 났어
요. 어떻게 하면 고칠 수 있을까요?

정리를 잘하는 사람과 못하는 사람

요리는 좋아하지만 방 정리를 싫어하는 건 여성이 더 많을
거라 봅니다. 아마도 여성들이 가진 물건들에는 '카테고리'
가 다양하기 때문이 아닐까요? 잘 생각해보세요. '분류하기
어려운 것'을 많이 끌어안고 있을수록 정리는 힘듭니다.

예를 들어 시디를 1만 장 가지고 있다 칩시다. 그건 전부
'시디 선반'이라는 같은 장소에 수납할 수 있습니다. 수량은
많아도 카테고리로는 한 종류밖에 안 되니까요. 그러므로
그것들을 둘 공간만 확보할 수 있으면 금방 정리할 수 있습
니다. 책도 마찬가지입니다. 사이즈도 비슷하기 때문에 책

장의 몇 번째 칸에 어떤 책을 수납할지 규칙을 정하면 금방 정리할 수 있습니다. 의류, 식기도 마찬가지입니다.

정리하기 어려운 것은 '분류하기 어려운 것들'입니다. 누군가한테서 받은 원숭이 인형, 아로마 방향제, 목각 곰인형 등 도대체 어떻게 구분해야 할지도 모르겠고 딱히 정해진 모양도 없으면서 부피는 많이 차지하는 이런 것들이 바로 정리하는 데 최대의 장애물들이지요.

하지만 여성들은 '그런 것들'을 꽤 좋아하잖아요. 다른 사람한테서 받기도 하고 자기가 사기도 합니다. 아마도 여성들이 남성에 비해 '분류하기 어려운 것들'을 수집하는 경향이 많지 않을까 싶습니다. 예를 들면 '귀여운 것'이라는 카테고리에 들 만한 물건은 여성 쪽이 압도적으로 많이 사지요. 하지만 '귀여운 것'에는 커튼, 인형, 찻잔, 속옷까지도 다 포함됩니다. 우리는 카테고리가 서로 다른 것들이 공존하고 있는 상태를 '정리되어 있지 않은 상태'라고 하지요. 그러니 만약 어떤 방이 '귀여운 것'들로 가득 차 있다면 방은 전혀 정리되어 있지 않다고 볼 수 있습니다.

무엇보다도 정리를 못하는 사람의 가장 큰 고통은 '버려도 되는 것'과 '버릴 수 없는 것'의 구분을 못한다는 데 있습니다. 정리를 잘하는 사람은 결국 '물건을 별로 가지지 않은 사람'입니다. 주지 스님의 암자에 책상 하나와 최소한의

가구와 집기만을 놓는 것. 의류도 여름용과 겨울용 각각 한 벌씩. 이런 생활을 하면 집안은 언제나 깔끔히 정리되어 있겠지요.

하지만 그런 경지에 오르기 위해서는 일단은 물건을 버려야 합니다. 정리를 잘하는 사람은 결국 '마구마구 물건을 버리는 사람'입니다. 아직 쓸 수 있을 것 같은 것, 어쩌면 조만간 쓸 것 같은 물건도 아무렇지 않게 버리는 사람. 이런 사람이 정리의 고수인 겁니다. 이런 사람들은 조만간 쓸 것 같은 물건은 아예 사지도 않습니다. 다른 사람들이 그냥 주겠다 해도 필요 없다며 거절합니다. 곧 필요할지도 모르지만 그건 그때 가서 사든가 빌리면 된다는 생각이지요. 그때까지는 필요 없는 것이니 수중에 두지 않는 겁니다. 이처럼 생각할 수 있는 사람이 정리도 잘하는 사람이지요.

분류 기준을 정하기

제가 아는 사람 중에 상당히 훌륭한 저택에 혼자 사는 여성이 있는데 집 안이 '쓰레기장'인 경우가 있었습니다. 지진 재해가 일어난 후 집 정리를 돕기 위해 방문한 적이 있었는데 집이 거의 쓰레기들로 가득했지요. 생활할 수 있는 공간

(발을 디딜 수 있는 공간)은 한 평 정도뿐이고 나머지는 바닥부터 천장까지 '무언가'가 가득 쌓여 있더군요. 처음에는 지진 피해로 물건들이 무너져 내려 거실 바닥에 흩어져 있는 건 줄 알았는데 그게 아니었습니다. 지진이 일어나기 전부터 그랬던 겁니다.

벽장에는 몇십 년쯤은 돼 보이는 눅눅한 이불들로 가득하더군요. 또 다른 벽장에는 몇 년쯤은 돼 보이는 식품들이 개봉되지 않은 상태로 썩어 있었습니다. 욕실에는 세탁소에서 돌아온 양복들이 수십 벌이 걸려 있었고요, 물론 욕실 사용은 불가능했습니다. 정원에도 '창고'가 두 채 있었는데 거기에도 '향후 몇 년 이내에 쓰레기로 변할 만한 것들'이 잔뜩 처박혀 있었습니다. 썩은 것, 도저히 쓸 수 없는 것들을 반나절에 걸쳐 골라낸 후 버렸습니다만, 그 사람은 제가 버린 것들을 유심히 살펴보더니 그 중 몇 개는 "아직 쓸 수 있어요"라며 집 안으로 되가져가더군요.

그때 이 사람이 '물건에 내재되어 있는 잠재적 사용 가능성'에 대해 대단히 풍부한 상상력을 지닌 사람임을 알게 되었습니다. '이런 물건도 어딘가에 쓸모가 있을지 몰라' 생각하면서 어떤 쓰레기에서도 유용성의 '맹아'를 찾아내는 겁니다. 그러니 그녀의 눈에 '그냥 쓰레기'이거나 '백 퍼센트 쓸모없는 것'은 이 세상에 존재하지 않았던 거지요.

이런 걸 두고 '나태하다'거나 '게으르다'고 표현하는 건 잘못이라고 저는 생각합니다. 자신의 감수성을 풀가동시켜 '다른 사람이 보면 가치 없는 것' 안에서 잠재적 가능성을 끄집어내려는 것이니 실제로는 엄청나게 노력하고 있는 겁니다. 게다가 이처럼 '다른 사람이 보면 가치 없는 것' 중에 희박하긴 하지만 '언젠가 유용하게 쓰일 가능성을 지닌 맹아'를 발견하는 건 일종의 재능이라고 할 수도 있지요.

예를 들어 교사는 이런 재능을 가진 사람에게 매우 적합한 직업입니다. 주위 사람들이 "아무 짝에도 쓸모없다"고 평가하는 아이도 '이 애한테는 사람들이 모르는 풍부한 자질이 있을지도 모른다'고 생각할 수 있는 사람은 좋은 교사가 될 가능성이 있습니다. 물론 어디까지나 가능성이지만 그래도 과감하고 빠르게 판단하는 사람보다 인내심 있는 교사가 될 가능성이 더 많다고 봅니다.

'쓰레기장'의 여주인은 정년퇴임한 대학교수였습니다. 그녀가 쌓아두었던 식품들 중 일부는 졸업생들로부터 받은 선물이었을 겁니다. 유통기한은 이미 지났지만 제자들의 선물을 차마 쓰레기통에 버릴 수 없다는 '상냥한' 마음씨가 그녀의 집을 쓰레기장을 만들었을지도 모릅니다. 그렇게 생각하니 저는 잠시 동안 감상에 잠겼습니다. '방을 못 치우는 문제'에는 꽤 깊은 의미가 있구나 하구요.

본론으로 돌아오겠습니다. 질문은 '방을 못 치우는 성격을 어떻게 하면 고칠 수 있을까?'였습니다.

제가 드리고자 하는 말씀은 '버려도 괜찮은 것'의 기준을 지금 자신이 생각하고 있는 수준보다 대폭 낮춰야 한다는 겁니다. 예를 들어 '앞으로 일 년 안에는 쓸 것 같지 않은 것'은 단호하게 '쓰레기'로 분류하세요. 혹은 '지난 한 해 동안 한 번도 쓴 적이 없는 것'도 우선 쓰레기로 분류하세요. 이 두 가지 조건에 따라 집안에 있는 물건들을 버리기 시작한다면 아마 당신의 소유물은 지금의 10분의 1로 줄어들 겁니다(어쩌면 더 줄어들지도).

물론 제 조언을 듣고 금방 "그럼, 바로 시작할게요" 할 수 있는 사람은 애당초 이런 질문도 하지 않았겠지요?

Q. 제 아내는 저 보고 "이런 곳에 물건 막 두지 마!" 하고 화를 내면서 정작 자기도 물건을 아무 곳에나 막 둬요. 정말 화가 나요.

자신의 이해 영역을 벗어난 질서를 감상해보기

남자들은 물건을 둘 때 꽤 기호적으로 움직입니다. 책은 여기, 펜은 여기, 메모장은 여기 식으로 카테고리를 우선시합니다. 하지만 여성은 그 물건이 '무엇인가'보다도 '어느 정도 자주 사용하는가'를 기준으로 물건을 정리하는 경향이 있습니다. 그래서 찻잔, 귀이개, 휴지, 휴대용 충전기, 주전자 등이 동심원상에 배열되는 경우가 있는 겁니다.

이는 겉보기에 '혼돈' 그 자체입니다만 본인은 합리적인 질서를 따르고 있다는 정리 감각을 느끼고 있습니다. 원하는 것이 팔을 뻗으면 금방 닿는 곳에 있으니까요.

제 외할머니는 '자신의 생리적 편의성'을 카테고리에 따른 정돈보다 우선시했던 분이었습니다. 그래서 텔레비전을 보다가 졸리면 그대로 전등불을 끌 수 있도록 전등 스위치에 가느다란 끈을 매달아 이불 가까이 늘어뜨려 두었습니다. 상당히 초현실적인 광경이었습니다. 어머니는 그런 외할머니에 대해 상당히 비판적이었지만 외할머니는 자신의 감각과 생리적 욕구에 따라 방 안의 물건들을 배치하고 있었던 겁니다. 그런 광경이 어수선하게 보이기도 하지만, 가만히 다시 생각해보면 '질서' 있게도 보입니다. 헛되이 쓰이는 공간이 없으니까요.

예전에 어떤 여자애(여자친구는 아닙니다) 방을 본 적이 있습니다. 귤 상자 위에 트랜지스터 라디오와 주전자가 놓여 있더군요. 그 두 가지 물건의 조합이 '해부대 위의 미싱과

박쥐우산의 우연한 만남'과 같은 초현실적인 장면이라고 생각되어 물었더니 "밤중에 라디오 심야 방송을 듣다 목이 마르면 주전자에서 물을 따라 마시거든" 그러더군요. 듣고 보니 일리가 있을 뿐만 아니라 상당히 실리적인 배치였던 겁니다.

그러므로 아내가 방을 '어지르고 있다'는 건 남성인 당신의 일방적 견해일 뿐 실제로 거기에는 주관적인 일종의 수리적 질서가 존재하고 있는 겁니다(있을지도 모릅니다).

여자들이 물건을 두는 질서에 대해서는 자신의 이해 영역을 벗어난 질서에 따라 구성된 도시의 풍경을 바라보는 기분으로 '감상하는' 입장에서 보실 것을 권해 드립니다.

살림과 돈 문제

Q. 살림살이가 빠듯하다면서 아내가 매달
주는 용돈이 너무 적어 고민입니다.

가끔씩 한턱내는 일의 인류학적 필연성

저런, 참 딱한 일이네요. 형편이 넉넉지 않더라도 부부 사
이에서 용돈제도는 별로 좋지 않다고 생각합니다. 맞벌이
의 경우라면 각자가 자신의 수입에서 가계에 필요한 돈을
내고 남는 것은 블랙박스에 넣는 것이 좋다고 봅니다. 각자
의 연봉이 얼마인지, 저축을 얼마나 하고 있는지 서로가 모
르는 편이 낫다는 거죠. 예로부터 어떤 가정도 부부 각자
서로가 모르게 은밀히 모으는 돈이 있잖아요.

　남편의 월급을 전부 파악해 실권을 쥐려는 아내들도 있
습니다만 별로 좋지 않은 시스템입니다. '아내한테서 용돈

을 받고 있다'는 시원치 않은 느낌이 용돈을 쓰는 남자들의 일상적인 태도에 영향을 미칩니다. 그 빈곤한 느낌은 뭐라 말로 표현하기 어려운 느낌입니다. 물론 그런 식으로 가계 살림이 건전해지고 대출금을 갚을 수 있을지는 모르지만 아무래도 그다지 좋지 않은 시스템입니다.

생각해보세요. 용돈이 월 20만 원인 남자가 "오늘은 내가 낼게"라고 말할 수는 없잖아요? 그러고 싶어도요. 하지만 세상은 항상 더치 페이로만 살아갈 수는 없는 법입니다. 손윗사람은 아랫사람에게 가끔씩(가끔씩으로 충분합니다) "여기는 걱정 마, 내가 계산할 테니까" 하고 말해야만 할 때가 있습니다. 그건 본인도 젊은 시절 선배와 상사로부터 "괜찮아, 내가 낼게"라는 대우를 받으며 돈을 '굳힐 수 있었던' 역사가 있으니까요. 이미 '신세'를 지고 있는 겁니다.

그러므로 반대급부의 의무가 있는 거지요. 과거에 입은 은혜를 갚지 않으면 말의 앞뒤가 안 맞는 겁니다. 당신이 한턱낸 그 후배들도 언젠가는 나이를 먹고 그들의 후배들에게 "내가 계산할게"라고 말할 겁니다. 이런 식으로 순환해가야만 합니다. 경제란 바로 이런 식으로 돌아가는 것이니까요.

"후배들한테 한턱냈어" 하면, 아마도 아내는 "뭐야, 자기 혼자만 멋있는 척 하기야"라며 핀잔하려 들지도 모릅니다.

하지만 자기 돈으로 한턱내는 '멋있는 사람'이 일정 수가 있어야만 사회가 돌아가는 법입니다. 물론 항상 같은 사람이 그 역할을 맡으면 버틸 수가 없겠지요. 그러니까 교대로 하는 겁니다. 세대와 세대 사이에서 교대하거나 같은 동년배들 사이에서 역할을 분담하면서요.

그런데 이 '가끔씩 한턱내는' 일의 인류학적 필연성을 배우자에게 설명하기란 쉽지 않네요.

Q. 생활비가 매달 부족해서 고민이에요.

작은 사치의 유혹에 넘어가지 않기

어쩔 수 없는 상황입니다. 가진 돈이 그 정도뿐이면요. 하지만 절대적인 빈곤 상태가 아니라면 '넉넉하다, 부족하다'는 건 대개 상대적입니다. 현재 자신이 설정한 '필요 금액'을 기준으로 삼으니 '부족한' 것이지요. 필요 금액의 설정치를 낮춰서 해결할 수는 없을까요?

저의 경우엔 자랑은 아닙니다만 돈이 없어서 고민한 적은 태어나서 딱 한 번뿐이었습니다. 그 딱 한 번은 석사 논문을 쓸 때였습니다. 당시에는 정말로 똥구멍이 찢어질 정도로 가난했으니까요. 집세와 전기세, 수도세를 내기 위해 최소한의 돈이 필요했지만 그보다도 논문 쓸 시간이 더 중요했기 때문에 아르바이트도 하지 않았지요. 당시에는 돈을 빌릴 수 있는 대로 빌려서 생활했습니다.

하지만 '정말로 돈이 없어' 곤란했던 적은 그 당시가 제 인생에서 처음이자 마지막이었습니다. 그 후로는 항상 수입 범위 내에서 생활했습니다. 대학을 나온 직후에는 무직이었지만 주위 동료들이 여러 가지로 배려를 해줘 아르바이트를 소개해주기도 해서 그럭저럭 집세를 내고 밥을 먹고 가끔씩은 술도 마시면서 꽤 즐거운 생활을 할 수 있었습니다.

수입이 100만 원이면 90만 원으로 생활하면 됩니다. 150만 원을 벌면 130만 원으로 생활하면 됩니다. 한 달에 한 번 돈까스를 먹는 게 가장 행복한 것이라는 이야기가 당시 읽던 만화 『맛의 달인 美味しんぼ』에도 나옵니다만, 정말로 그렇더군요. 일주일에 한 번 군만두와 중국식 덮밥을 먹고 한 달에 한 번 돈까스를 먹는 것만으로도 꽤 행복했습니다.

돈 문제로 고민하는 사람은 많은 경우 버는 것 이상으로 쓰는 사람들입니다. 100만 원밖에 벌지 못하는 데 120만 원을 쓰는 사람들. 그러니까 매월 20만 원씩 부족하겠지요.

한 달에 20만 원이라는 건 하루에 7천 원 정도겠지요? 그건 잘 따져보면 식당에 들어가 유부우동을 시켜야 할 상황에 '덴뿌라 우동'를 시킨 것과 같습니다. 그 약간의 추가 지출이 쌓이고 쌓인 결과이지요. 진짜로요. '약간 무리하면 살 수 있는 것'을 사다 보면 지출이 눈덩이처럼 늘어납니다.

아시다시피 파산하는 사람들도 결코 엄청난 돈을 쓰는 건 아닙니다(만화 『사채꾼 우시지마 闇金ウシジマくん』를 읽어보시면 아실 겁니다). 매월 수십만 원 정도의 마이너스가 쌓이고 쌓여 결국 대부업체에 돈을 빌렸는데 정신을 차려보니 빚이 1억 원을 넘었다는 것처럼 '어디에 썼는지는 모르겠지만 빚만 남아 있는' 상황이 발생하는 거지요.

그러므로 그런 상황에 처하기 싫으면 언제나 버는 것보다 약간 적은 수준에서 지출하는 수밖에 없습니다. 생활 수준을 자신의 수입에 맞춘다면 돈으로 고민할 일은 일어나지 않습니다.

사람들은 보통 자신의 경제적 능력보다 약간 더 '있는 척' 하려고 합니다. 하지만 그것이 함정이지요. 문제는 우리의 욕망을 가장 자극하는 것이 아주 가까운 주변 사람들이라는 점입니다. 개인용 제트기를 타는 초부유층 사람들은 전혀 부럽지 않습니다. 두바이 초고층 맨션의 펜트하우스에서 미녀들의 시중을 받으며 거품 욕조에서 샴페인을 마시는 아랍의 석유왕자 따위는 만화 세계의 이야기로밖에 보이지 않지요. 이런 것은 선망의 대상이 되지 않습니다.

결국 우리의 부러움을 자극하는 것은 자주 다니는 식당에서 유부우동을 먹고 있을 때 옆에서 새우튀김 우동을 주문하는 사람이거나, 나는 곤약을 안주로 소주를 마시고 있는데 "바쿠단(삶은 계란을 으깬 어육으로 감싼 오뎅의 일종)이랑 차가운 준마이 사케 주세요"라고 아무렇지도 않게 주문하는 사람들입니다. 정말로요.

한 달에 30만 원짜리 욕실 없는 자취방에서 살 때는 옆집의 45만 원짜리 욕실 딸린 방에 사는 사람이 정말로 부러운 법입니다. 그리고 그 사람의 생활은 '약간만 무리하면 흉내낼 수 있는 것'입니다. 그러니 순간의 방심이 어느새 자신의 경제적 능력을 약간 넘어선 소비활동으로 이어지는 것입니다. 그러니 돈이 약간씩 부족해지는 겁니다.

자신의 수입보다 '약간 아래'를 기준으로 설정해 생활할 수 있으면 곤란한 문제는 일어나지 않을 겁니다. 물론 그게 '가능하다면' 말이지요.

7

결혼생활을 지속하는 일

권태기가 찾아온다면

Q. 결혼생활에는 권태기라는 것이 반드시 찾아온다고 하잖아요. 확실히 계속 함께 있으면 점점 충돌하는 일도 잦아져 관계가 틀어질 것만 같아 걱정이에요.

슬럼프를 배우자 탓으로 돌리면 곤란하다

참 어려운 주제입니다. 오랜 시간 함께 살다 보면 상대에 대한 애정도 부침이 있기 마련이지요. 상대가 미칠 듯이 사랑스러운 시기도 있을 테고, 그럭저럭 보통일 때도 있을 테지요. 물론 별로 사랑을 느끼지 못하는 시기도 있을 겁니다. 하지만 이 스펙트럼은 그렇게 넓지 않은 데다가 관계가 한번 바닥을 치면 다시 회복되는 법입니다.

　위험한 것은 자신이 사회적으로 슬럼프에 빠진 상황을 결혼 관계와 연관지어 설명하려는 태도입니다. '이 사람이랑 결혼하지만 않았더라도'라는 상황을 가정해서 배우자의 무능함과 몰이해를 불행의 원인으로 삼기 시작하면 이미 관계는 끝난 것입니다. 실제로 자신이 겪는 수많은 패턴의 슬럼프를 배우자의 몰이해와 무능으로 다 '설명할 수 있기' 때문입니다. 진짜 설명할 수 있어요. 심지어 그 설명은 매우 설득력이 있어서 많은 사람들이 여기에서 답을 찾으려 드는 것이지요.

실제로 자신이 겪는 심신의 슬럼프에는 배우자 외에도 여러 가지 원인이 있을 수 있습니다. 직장에서 인간관계가 껄끄럽거나 치통이 있다거나 체지방률이 높다거나 좋아하는 옷이 스테이크 소스로 얼룩졌다거나….

하지만 이런 다양하고 미세한 '슬럼프'들이 더해지고 더해져, 물이 컵의 끄트머리에서 흘러넘칠 것만 같을 때, '마지막 한 방울'이 되는 것이 집 안에서 벌어지는 말다툼입니다. "어이, 밥 아직도 안 됐어?" "양말 이런 데다 막 벗어던지지 말랬지? 도대체 몇 번을 말해야 알아먹는 거야?" 이런 한마디 때문에 인간은 '발끈'하는 것이지요.

상황이 이렇게 되면 모든 슬럼프의 유일무이한 원인을 '배우자의 몰이해와 무능함'으로 설명하려 들게 되는 것입니다. 참 무서운 일이지요.

어떻게 슬럼프를 극복할 수 있을까

제 경험을 토대로 말씀드리자면 우리가 겪는 심신의 슬럼프는 대부분 많은 미세한 슬럼프의 산술적 총합에 의한 것입니다. 그러므로 하나하나 풀어갈 수밖에 없습니다.

직장 동료와 오늘 만나면 "어제 일은 미안했다"고 사과하기로 결심하고, 치과에 예약을 하고, '오늘부터 다이어트 한다!'고 다짐하고, 외출한 김에 세탁소에 더러워진 옷을 맡기는 것. 이 같은 사소하고도 작은 노력으로 '컵의 끄트머리'까지 차올랐던 물의 수위를 조금 낮추는 겁니다. 그러면 설령 배우자로부터 '마음에도 없는 한마디'를 듣는다 해도 '발끈'하는 상황까지는 가지 않습니다.

이와 같은 자잘한 노력을 거듭하는 수밖에 없습니다. 단숨에, 전면적으로 부부 관계의 위기를 해소하는 방법 따위는 존재하지 않습니다. '위기'라는 것은 '순조롭지 못한 일들'이 잔뜩 들이닥친 탓에 손을 쓸 수 없는 상태를 가리키는 말입니다.

하나하나의 '순조롭지 못한 일들'은 따져보면 별 대단한 게 아닙니다. 그 중 한 가지만 등장하면 "허허허" 웃으며 가볍게 처리할 수 있는 일들입니다. 하지만 그 가짓수가 일정 범위를 넘어버리면 인간은 패닉에 빠집니다. 그러므로

'순조롭지 못한 일들'의 수를 하나하나 줄여나가는 것 외에 방법은 없습니다.

배우자와의 관계를 온화하고 건전한 상태로 유지하고 싶다면 우선은 '나는 어떻게 해야 슬럼프를 극복할 수 있나'에 대해 생각해보세요.

이러한 경우, 배우자의 존재는 잊어버리세요. 배우자가 어떻게 해줘야 내가 슬럼프를 극복할 수 있는지에 대해 생각하면 안 됩니다. 이는 잘못된 문제 설정입니다. 배우자의 존재는 잠시 제쳐두고 자신이 배우자 이외의 어떤 조건을 충족시키면 슬럼프에서 빠져나올 수 있는지를 생각하는 겁니다. 그리고 그것을 실현할 수 있도록 꾸준히 노력해서 '마음에도 없는 한마디'로 '컵에서 물이 넘쳐흐르는' 것 같은 위험수역에 자신을 빠뜨리지 않는 겁니다.

예전에 제가 알고 지내던 한 여성이 이혼을 했습니다. 그녀가 이혼을 결심하게 된 결정적인 일이 그녀가 감기로 앓아누웠을 때 남편이 "오늘은 밖에서 먹고 들어갈 테니 내 밥은 안 해줘도 돼"라고 한 한마디였다고 합니다.

밥을 안 해도 된다는 건 그 나름의 애정 표현이었다고 봅니다. 나름대로 아내를 배려한 것이지요. 하지만 그녀는 그 말을 듣고 '발끈'한 겁니다. 감기몸살로 힘든 상황에 그녀는 침대 속에서 '그럼 내 밥은 누가 해주지…' 하는 고민이 들었답니다.

이야기를 듣자하니 '과연 그렇구나' 하고 깊게 공감되었습니다. 하지만 다시 잘 생각해보니 그의 마지막 한마디가 이혼을 결심하게 한 것은 그 이전부터 있었던 여러 일들의 결과일 수 있다는 생각이 들었습니다. 예를 들어 그녀가 앓아눕기 전에 '으슬으슬 춥네. 내일쯤에는 감기로 앓아누울 것만 같은 나쁜 예감이 드는데…' 싶어 귀갓길에 과일이나 비상식량을 사두었다면 '그럼 내 밥은?' 같은 상황은 예방할 수 있었을 겁니다.

"내 밥은 안 해놔도 돼"가 치명적인 한마디였던 건 그가 그녀의 저녁식사에 대해서는 상상하지 못했기 때문입니다. 하지만 그녀가 기본적으로 자신이 먹을 건 스스로 준비한다(배우자에게 의지하지 않는다)는 것을 기본값으로 생각하고 있었다면 상상력 부족한 남편이 무심코 던진 한마디(참 너무하긴 했지만요)가 그녀에게 치명적인 상처를 주지는 않았을 것입니다.

아무튼 그렇다는 이야기였습니다. 언제나 외줄 타는 기분인 거지요. 하지만 '안전망'을 깔아둘 수는 있는 겁니다.

권태기를 행복한 상태로 바꾸는 건 유감스럽게도 거의 불가능합니다. 하지만 그것이 치명적인 결과로 이어지지 않도록 예방 조치를 취할 수는 있습니다.

권태란 자신의 모습에 질려 있는 것

자신의 인생이 즐거우면 권태기가 찾아와도 그렇게 치명적이지 않습니다.

권태기에 빠졌다는 사람들은 일종의 자기 권태에 빠져 있는 것이기 때문입니다. 스스로가 자신의 모습에 질려 있는 것이지요. 그리고 그 권태감을 자기 주위에 있는 인간관계 전체로 확산시키는 겁니다. 자기가 매일 새로운 발견에 두근거리는 삶을 살고 있다면 선택적으로 배우자에 한정해서 권태감을 느끼는 일은 없습니다.

죄송한 말씀이지만 권태감이란 자기 인생에 질려버린 인간이 느끼는 감정입니다. 자신의 인생에 질려 있지만 이를 인정해버리자니 인생의 '뒤가 없으므로' 권태감의 원인을 외부에서 찾아 '누군가 때문에 내 인생이 재미없다'는 스토리를 만들고는 이를 믿어버리는 것이지요.

그런 사람들이 배우자를 버리고 '불타오르는 사랑'에 빠진다 하더라도(그런 일이 일어날 가능성은 대단히 낮다고 봅니다만) 스스로에게 질려 있는 인간은 결국, 손에 닿는 것이 모두 황금으로 변해버린 탓에 굶어 죽을 뻔했다는 신화 속의 왕처럼 그의 손에 닿는 것은 모두 '시시한 것'으로 변해버리기 때문에 새롭게 사랑이 시작된다 해도 금세 질려버릴 것입니다.

타인에 대한 호기심은 자기에 대한 호기심과 연동되어 있습니다. 이를 지적하는 사람은 별로 없습니다만 대단히 중요한 부분입니다. 자기 안에 어떤 미지의 자질이 잠들어 있는지 미개발 자원이 매장되어 있는지, 이에 대해 진지하게 호기심을 가지고 있는 사람은 주위 사람들에게 질리거나 하지 않습니다.

왜냐하면 자신이 변화할 때마다 눈앞에 있는 타인의 얼굴도, 모습도 함께 변화하기 때문이지요. 자신이 변하면 세상도 변합니다.

상대를 보면 부모를 알 수 있다

Q. 근처에 사는 시어머니가 집안일에 자꾸만 간섭해서 고민이에요. 제가 집을 비운 사이에 연락도 없이 집에 오셔서는 비가 온다며 빨래를 걷어 가셨지 뭐예요. 시부모님한테 간섭받지 않으려면 어떻게 하는 것이 좋을까요?

'이상한' 부모를 둔 배우자를 만났다면

그것 참 무서운 일이군요. 글쎄요. 제가 드리는 조언은 간단합니다.

"도망치세요." 도망치는 수밖에 없습니다.

그런 상대와 대화하거나 교섭하려고 해서는 안 됩니다. 상대방이 '선의'라고 생각하고 하는 일을 '민폐'로 만들어버리는 건 상대의 인생관을 근본적으로 부정하는 것과 같습니다. 이런 이야기는 엄청난 영향력을 가진 사람(시어머니가 숭배하는 종교의 교조님이라든가)이 말해주는 거라면 모르겠지만 며느리가 말하는 건 안 됩니다. 시어머니를 화나게 할 뿐입니다.

아시겠어요? 어느 정도의 연령을 넘은 사람에게 "인생관을 바꾸세요"라고 하는 건 무의미한 일입니다. 말할 수는 있겠지만 문제를 더 꼬이게 만들 뿐입니다. 괜히 당신에게 트집 잡고 공격적인 태도를 취하게 될 뿐입니다. 그러므로 도망치는 겁니다.

어머니(시어머니)라는 존재의 특징은 '자신의 영역으로부터 멀리는 뒤쫓지 않는다'는 점입니다. 잘 설명하기 어렵지만 아무튼 그렇습니다. 그러니 멀리 도망치면 어머니(시어머니)들은 의외로 자식에 대한 간섭을 쉽게 포기합니다. 왜 그런지는 수수께끼입니다만 그렇답니다.

그러니 어머니의 간섭을 싫어하는 딸들은 해외로 유학을 가는 경우가 많습니다. 여자가 남자보다 이질적 문화에 대한 적응력이 높다는 점도 고려할 수 있지만, 가장 큰 이유는 '멀리 떠나버린 딸'에 대해서는 어머니들이 의외로 깔끔하게 간섭을 단념하는 일이 경험적으로 증명되었기 때문이라고 봅니다.

이는 시부모님에 대해서도 기본적으로는 같다고 봅니다. 관계가 힘들 땐 가능한 멀리 떨어져 거리를 유지하기. 시부모님과 만나는 게 일 년에 두 번, 추석과 설날 정도라면 아무리 나쁜 관계라도 어떻게든 잘 지낼 수 있을 겁니다.

결혼 상대를 보면 그 사람의 부모가 어떤 사람인지도 대충 알 수 있습니다. 결혼할 상대가 균형이 잘 잡힌, 시민적 성숙도가 높은 사람이라면 그 부모도 대략 '어른'이라고 보면 됩니다. 아이들은 가까이에 있는 '어른'을 보고 성장하니까 부모가 '제대로 된 어른'이라면 그 자녀도 대체로 '제대로 된 어른'으로 자랍니다.

물론 부모가 엉망인 탓에 자녀가 특이하게 잘 커주는 케이스도 있습니다. 하지만 그런 '잘 커준' 자녀들은 결혼하기 전에 약혼자에게 먼저 "우리 엄마아빠 정말 엉망이거든, 그러니 나랑 사귀지 않아도 돼"라고 말해줄 겁니다.

결혼 이후 부모로 인해 갈등이 일어나는 건 자신의 부모가 사회적으로 봤을 때 어느 정도 '원숙한' 사람인지 자녀가 판단할 수 없는 경우이지요. '우리 부모님은 평범하다'고 생각하지만 다른 사람들 눈에는 '글쎄 좀…' 싶은 경우가 꽤 있습니다.

결혼을 결심하기 직전까지 이르렀어도 상대의 부모를 만나보고 '아, 이건 좀 아닌 것 같다. 앞으로가 너무 걱정되는데' 싶을 땐 재빨리 도망쳐도 괜찮다고 생각합니다.

상대가 "왜 나와 결혼할 수 없다는 거야?"라고 물으면 "네 부모님이 좀 아닌 거 같아"라고 대답하면 됩니다. 만약 그걸로 화를 내는 사람이라면 결혼한 후에 언젠가 그 부모로 인해 훨씬 더 처참한 상황을 경험하게 될 겁니다. 만약 상대가 화를 내지 않고 "음, 역시 그렇구나. 우리 부모님 정말 이상하지?"라고 수긍한다면 부모는 둘째 치고 본인은 상당히 인간적으로 '원숙한' 사람이므로 배우자로서 괜찮다고도 볼 수 있습니다.

어떤 사람의 사회적 성숙도는 부모님의 문제로 무언가 마찰이 있을 때 사소한 일로도 감정적으로 반응하느냐 혹은 의연하게 대응하느냐에 따라 대략 측정할 수 있습니다. 이 점을 기억하시기 바랍니다.

결혼은 사사로운 일이지만

Q. 결혼 상대가 바람을 피우면 어떻게 해야 할까요? 또 거꾸로 제가 다른 사람을 좋아하게 됐을 땐 어떻게 하면 좋을까요?

결혼은 사회계약이다

거 참 곤란하군요. 먼저 기본적인 사항을 짚고 넘어가지요. 결혼은 일종의 사회계약입니다. 그 점에서는 대출 계약이나 아파트 임대 계약과도 같은 것입니다. '월말까지는 갚겠습니다' 혹은 '벽에 구멍을 뚫지 않겠습니다' 같은 계약조항이 있으면 지켜야겠지요. 지키지 않으면 주위 사람들로부터 '사람이 어쩜 이리 몰상식할까'라며 차가운 시선이 날아오는 것과 같은 겁니다.

"정절을 지키겠습니다"라는 건 결혼이라는 사회계약의 제1조입니다. 이를 파기하는 것은 결혼계약을 파기하는 것과 같습니다. 이는 시민으로서의 '신의에 어긋나는 행위'로 간주됩니다.

여러분 다들 잊고 계신 거 같은데, '간통죄'라는 죄가 최근까지 형법에 존재했었지요. 결혼은 '사사로운 일'이 아니라 '공적인 사건'이라는 사회적 합의가 있었기 때문입니다. 결혼계약을 파기하는 것은 '사기' '절도' '상해'와 유사한 범죄로 간주되던 것입니다.

일본의 형법에도 간통죄는 1947년까지 존재했습니다. 한국에서 간통죄가 위헌이라는 판결이 나온 건… 이럴 수가! 2015년입니다. '결혼은 사사로운 일이 아니다' '결혼계약에 위배되는 행위는 처벌되어야 마땅하다'는 생각이 인류사적으로는 그만큼 오랜 시간 지배적인 생각이었다는 이야기입니다.

"그런 게 무슨 상관이에요? 둘이 서로 사랑해서 그런 건데요? 이런 일에 '사회계약'이니 '신의'니 하는 촌스러운 소리 하는 건 아니에요!"라고 말하는 분들께는 "네, 맞는 말씀이에요"라고밖엔 할 말이 없습니다.

단, 결혼이 본래 '사사로운 일'이 아니었다는 인류학적 약속은 잊지 마시길 바랍니다. 공적인 사건이기 때문에 '결혼식' '피로연' 같은 걸 하는 겁니다. 둘만의 사적인 사랑이 문제였다면 애당초 사람들 앞에서 '정절'을 약속하는 건 전혀 필요하지도 않았겠지요.

"결혼은 하겠지만 둘만의 일이니까 다른 사람들은 아무 상관이 없어. 결혼식도 안 올릴 거고 혼인신고도 안 할 거고 친척이나 지인들에게도 알리지 않을 거야. 개인적인 일이니까 그냥 내버려둬 줄래?"라고 말하는 사람들도 있습니다. 저는 이런 주장도 일리는 있다고 생각합니다. 그것이 얼마나 커다란 리스크를 수반하는지 알고 하는 말이라면 정말로 담력 있는 사람이라고 생각합니다. 하지만 이런 말을 하는 사람들이 스스로 감수하려는 리스크에 대해 정확히 이해하고 있는지에 대해서는 약간 회의적입니다.

'결혼은 사사로운 일'이라는 건 아마도 진실일 것입니다. 하지만 '말하는 순간 끝장나는' 유형의 진실이 세상에는 있습니다.

'국가는 사사로운 일이다'

'국가라는 건 사사로운 일'이라고 단언한 사람이 있습니다. 바로 후쿠자와 유키치福沢諭吉입니다.

"국가를 세우는 것은 사사로운 일이지 공적인 일이 아니다."

메이지 유신 이후 근대국가가 출현한 직후, 후쿠자와 유키치는 『오기의 국가론病我慢の説』에서 이렇게 말했지요. 국가라는 건 '공적인 것'으로 보이기 십상이지만 사실 본질적으로는 '사사로운 일'이라구요.

국경선을 적당히 그어 "여기부터 여기까지는 내 영토야. 이 안으로는 들어오지 마!"라며 목에 핏대를 세우며 주장하는 건 결국 '사사로운 일'이라는 것입니다. 국경이나 국토라는 건 인간이 멋대로 만들어낸 그저 '아이디어'에 불과하다는 것이지요. 그러므로 자신의 나라를 "대단한 나라, 잘난 나라"라고 씩씩거리며 다른 나라를 얕보거나, 다른 나라의 불행을 기뻐하는 자신들을 자칭 '충군애국지사'라 하고 이를 '국민 최상의 미덕'이라고 정의하는 건 어리석다는 내용입니다.

후쿠자와 유키치의 국가론 따위가 결혼이랑 무슨 상관이냐고 생각하는 분들이 있겠지만 사실 이건 같은 이야기입니다. 국가와 결혼은 어느 쪽도 '사사로운 일'이라는 점에서 같다는 거지요. '사사로운 일'이지만 마치 '공적인 것'처럼 때로는 위장할 필요가 있을 뿐입니다.

"우리들의 사랑은 죽음이 둘을 갈라놓을 때까지 영원히 계속될 지고지순의 사랑입니다. 우리들의 사랑에 다른 사람이 관여할 여지는 없습니다" 하면서 기고만장 행복한 두 사람을 보고 냉정한 사람은 "아무렴요. 그렇게 하세요"라며 비꼴 겁니다. 본인들이 그렇게 생각한다면 그렇게 생각하도록 놔두면 됩니다.

하지만 두 사람의 과거를 잘 아는 사람으로서 한마디 하자면, 두 사람은 모두 지금의 상대와는 다른 상대와 결혼할 가능성이 과거에 있었고, 앞으로도 '사랑이 끝나' 이혼할 가능성도 (어느 정도는) 있지요. 미안한 말이지만 지금 두 사람이 영위하는 것은 '우연히 결혼에 성공한 사람들의 일시적 동거생활' 그 이상 무엇도 아닙니다. 가능하면 백년해로 하시기를 바라는 바이지만 결혼이 잠정적인 제도라는 점을 부정할 수는 없습니다.

결혼은 사사로운 일이지 공적인 일이 아닙니다.

하지만 후쿠자와 유키치의 국민국가론에는 이어지는 내용이 있습니다. 확실히 국가라는 건 사사로운 아이디어에 불과하지만 그 사사로운 아이디어에는 그 나름의 고유한 리얼리티가 있다는 겁니다. 무게가 있고, 두터움이 있고, 생명이 있습니다.

역사를 돌이켜보면 개벽 이래 오늘날에 이르기까지 각각의 인민들이 서로 흩어져 무리를 형성하고 그 무리가 언어문자를 공유하며, 역사와 전설을 공유하고, 서로 교제

하고 결혼하며, 음식과 의복 등 모든 것을 함께하며 동고
동락할 때는 결코 헤어질 수 없다.

국가는 상상의 공동체에 불과합니다. 그렇긴 하지만 일
상생활을 함께하는 동안 인간의 '정이 옮는' 경우는 있습니
다. 이것 또한 인간 세상의 이치이지요.

앞서 말했듯이 국민국가라는 건 일종의 의제擬制 같은 것
입니다. 회사에 법적인 인격을 부여해서 법인이라는 것을
인정하는 것처럼, 본질은 다르지만 같은 것으로 인정하는
것이지요. 하지만 인간이란 참으로 나약한 존재로, 그런 의
제에 의지하지 않으면 살아갈 수 없다는 겁니다. 그런 나약
함을 저는 가련하다고 생각합니다만.

후쿠자와 유키치는 이렇게 부연하고 있습니다.

충군애국이라는 말을 철학적으로 해석하자면 순수한 인
류의 사적인 감정이지만 오늘날까지 인류가 겪은 세계의
사정으로 미루어 볼 때 이를 미덕이라 말할 수밖에 없다.

나라를 세우고 정부를 세운다고 해도 본질적으로는 사사
로운 일이라는 것입니다. 개인의 사정이라는 것이지요. 사
실 그곳에 국경선이 그어져야 할 필연성은 없음을 의미합

니다. 그곳에 사는 사람들이 산 넘어 사는 사람들이나 강 넘어 사는 사람들과 뚜렷하게 차별화되어 생물학적으로 다른 인종의 생물인 것은 아닙니다. 우연히 국경선이 그렇게 그어져 이쪽은 '동포'라고 하고 저쪽은 외국인이라 부르는 것에 지나지 않는다는 겁니다.

하지만 국경선이 완전히 무의미한 것은 아닙니다. 국경선의 이쪽이든 저쪽이든 다르지 않은 건 맞지만, '이곳에 국경선이 그어져 다름 아닌 우리들이 동포가 된 사실에는 필연성이 있다'고 말하는 편이 당사자들로서는 더 안락한 삶을 영위할 수 있습니다.

국가는 인간이 편의상 만들어낸 환상에 불과하지만 이를 마치 거기에 존재하는 산, 강, 숲과 같은 자연물처럼 오래전부터 거기에 있었고 앞으로도 영원히 거기에 있으리라 생각하는 편이 현재의 세계 정세에서 살아남을 확률이 높다는 것이지요. 그렇게 전망하여 판단한 것이 후쿠자와 유키치의 리얼리즘인 것입니다.

이런 걸 두고 '의도적 착각'이라고 하지요. 어떤 것을 다른 무언가로 의도적으로 착각하는 것. 국가라는 환상을 마치 자연물인 듯이 착각하는 것. 이와 같은 자발적 착각이 가끔은 필요하다는 것. 후쿠자와 유키치는 그렇게 주장한 겁니다.

국가의 경우 국운이 융성하고 국경이 안정적으로 유지되며, 경기도 좋은 데다가 사람들의 인심까지도 여유로울 때는 특별히 큰 소리로 "국가는 공적인 것이다!"라고 주장할 필요가 없습니다. "국가 따위 다 사사로운 일이야. 화폐 따위는 환상에 불과해. 국민문화 따위는 다 이데올로기야"라고 시니컬하게 비웃어도 특별한 문제는 일어나지 않지요.

하지만 국운이 약해지기 시작하면 그렇지도 않습니다. 국력이 쇠퇴하고 중앙정부의 힘이 약해지고, 경기가 침체된 것에 더해 국민적 통합이 무너지고 부유층의 해외이탈이 이어지는 사태. 이와 같은 파국적 사태가 발생했을 때는 "국가 따위 어차피 사적인 환상이야"와 같은 '올바른 시니시즘'은 용납되지 않습니다. 이럴 땐 '착각과 오기'가 요구됩니다. 안 해도 될 전쟁을 시작해버려 참패를 당했을 때는 더욱더 그렇습니다.

국운이 기울어 더 이상 희망이 보이지 않을 때 최후의 보루로 작용하는 것은 '국가라는 것이 산, 강, 바다 같은 자연물처럼 바로 지금 여기에 실재하고 있다'고 자기 자신에게 하는 확신범적 거짓말입니다. 이런 사람들만이 의기양양하게 고개를 들고 파국적 상황에 동포들에게 팔을 뻗고 얼마 남지 않은 자원을 사수하여 나라를 지킬 수 있습니다. '인내심을 갖고 나라의 영예를 지키는 것'입니다.

결혼의 리얼리즘

후쿠자와 유키치는 국가에 대해 논했습니다만, 저는 이를 결혼에 대입해보고자 앞서 소개한 것입니다. 눈치채셨나요? 지금까지 후쿠자와 유키치의 주장에서 언급된 '국가'를 '결혼'으로 바꿔보세요. 그러면 이런 이야기가 됩니다.

결혼은 사사로운 일이다. 그러나 한집에서 같은 말투를 구사하고, '가족의 스토리'를 공유하고, 함께 자고 일어나며, 함께 먹고 마시고 동고동락할 때는 결코 헤어질 수 없다.

확실히 결혼생활은 상상의 공동체에 불과합니다. 그렇긴 하지만 함께 생활하면 '정이 드는' 것이 인간이 겪는 자연스러운 이치입니다.

결혼생활이라는 건 우연히 일시적으로 그곳에 있던 두 사람이 형성하는 단순한 의제擬制에 불과합니다. 하지만 인간이란 참으로 나약한 존재여서 그런 의제에 의지하지 않으면 살아갈 수 없다는 것이지요.

결혼이 한순간에 끝날지 혹은 오래 지속될지, 부부가 서로 신뢰하는지 혹은 의심하는지, 그런 건 전부 우연에 불과합니다. 그렇지만 인간이 살아남기 위한 결혼생활은 본래 '신의'와 '배려'와 같은 미덕에 의해 유지된다는 '스토리'가 필요한 것입니다.

'그 누구도 아닌 우리 두 사람이 만나 부부가 되었다는 사실에는 필연성이 있다'고 말하는 편이 결혼생활이 유쾌해질 확률이 높습니다. 결혼은 확실히 개인이 저마다의 사정에 따라 만들어낸 환상에 불과합니다. 그렇긴 하지만 둘을 이어주는 '연결 고리'가 마치 자연물처럼 아주 오랜 옛날부터 '여기'에 있으며 앞으로도 영원히 있을 거라고 생각하는 편이 현재의 사회 정세에서는 살아남을 확률이 높습니다. 이것이 결혼의 리얼리즘입니다.

결혼은 안전망이다

말씀드린 것처럼 결혼은 사사로운 일입니다. 그렇다고 당사자 두 사람이 자의적으로 맺은 잠정적 관계이니 결혼생활이 어떻게 되든 둘만의 문제가 아니냐면서 거칠게 다루면 그 관계는 금방 무너지고 말 겁니다.

결혼생활이 거의 파국에 이르렀을 때 마지막 안전장치로 작용하는 것은 '우리의 결혼생활은 우연히 두 사람의 합의로 성사된 잠정적 제도가 아니라 산이나 강, 바다 같은 자연물과 마찬가지로 그 자체로 실재하는 현실이다'라는 확신범적 거짓말입니다.

이 거짓말을 할 수 있는 사람만이 파국적 상황에 직면해도 똑바로 고개를 치켜들고 배우자에게 손을 뻗어 두 사람의 가정에 남아 있는 얼마 안 되는 자원을 사수하여 결혼생활을 이어나갈 수 있습니다.

물론 모두가 결혼을 꼭 해야 하는 건 아닙니다. 다만 결혼은 본질적으로 위기 상황에 대비한 안전보장 계약임을 잊어서는 안 됩니다. 자신이 '슬럼프'에 빠졌을 때 물심양면으로 보살펴줄 사람을 확보하기 위한 제도인 것입니다. 이게 핵심입니다.

살다 보면 슬럼프에 빠져 더 이상 힘이 없을 때가 있지요. 이는 달리 말하면 배우자에게 결혼이라는 사회계약의 이행을 요구할 힘이 더 이상 없음을 의미합니다. 자신에게 힘이 있다면 "당신, 주례님 앞에서 '아플 때도 궁핍할 때도'라고 약속했으니 약속은 지키는 거지? 만약 약속을 지키지 않는다면 그에 상응하는 대가를 치러줘야겠어"라며 위협할 수도 있겠지만 그럴 힘도 없다는 겁니다.

이쪽이 "도와줘"라고 말할 수도 없는 속수무책의 무방비 상태일 때 비로소 안전보장의 발동이 요청됩니다. 그러므로 그때 발동되지 않으면 곤란한 것이지요. 이쪽이 무기력하니까요. 배우자에게 결혼계약 이행을 요구할 만큼의 사회적 힘도 없어졌을 때 비로소 결혼계약의 이행은 절실히 요구되는 것이지요.

이 역설적 상황 속에 결혼의 '참맛'이 녹아 있다고 저는 생각합니다. 이때 "아아, 결혼하길 참 잘했구나…" 하고 말할 수 있는 그날을 위해서 지금 결혼하는 겁니다.

결혼은 사사로운 일이 아니라 공적인 일이라는 것의 의미를 조금은 아시겠지요? 결혼이 처음부터 공적인 것이었던 건 아닙니다. 공적인 것으로 '만들기' 위한 나날의 노력이 결혼생활을 지탱하고 있는 것이지요. 이상입니다.

결혼생활을 애정과 이해 위에 구축해서는 안 됩니다

앞으로 결혼생활을 시작하게 될 두 분께 제가 드리고 싶은 말씀은 '결혼생활을 애정과 이해 위에 구축해서는 안 된다'는 점입니다.

역설적인 말장난처럼 들릴지도 모르겠습니다만 제가 반세기를 살면서 체득한 것이어서 확신하고 드릴 수 있는 말씀입니다.

결혼생활에서 '애정과 이해'가 필요 없다는 것은 아닙니다. 물론 애정과 이해가 있으면 더할 나위 없이 좋겠지요. 하지만 애정과 이해라는 것은 그 위에 오랜 결혼생활을 구축할 수 있을 만큼 단단한 기반이 아닙니다.

기독교의 결혼 서약에서는 '아플 때도 건강할 때도, 풍요로울 때도 궁핍할 때도'라는 조건을 열거합니다만, 저는 여기에 '애정이 있을 때도 없을 때도, 상대를 잘 이해한 것 같을 때도 전혀 이해하지 못했을 때도'라는 조건을 추가하고 싶습니다.

우리는 결국 인간이므로 아무리 배우자를 사랑해도 때로는 화를 내거나 괜한 심술을 부리고 싶을 때가 있기 마련입니다. 상대가 무슨 생각을 하는지 도무지 모를 때도 있고 상대의 말투에 부아가 치밀 때도 있지요.

제가 말씀드리고자 하는 것은 그런 상황이 결혼생활이 '불완전'하기 때문이라는 생각을 버리시라는 겁니다. 그런 건 누구나 겪는 일이니까요.

애당초 결혼이라는 건 일정 연령에 도달하면 대부분의 사람들이 일단은 할 수 있는 것이라는 원칙하에 설계된 제도입니다. '누구라도 할 수 있는 것'에 고도의 인간적 노력이 요구될 리가 없습니다. 결혼이라는 건 본래 '배우자에 대한 사랑이나 이해가 별로 없어도 충분히 유지할 수 있으며 유쾌하게 지낼 수 있는 것'을 기본값으로 설정하고 설계된 제도입니다. 저는 그렇게 생각합니다.

딱 한 가지 구체적인 조언을 추가하고자 합니다.

상대를 잘 이해하지 못하겠더라도 너무 신경 쓰지 마시라는 겁니다.

대부분의 인간들은 자신이 무엇을 생각하는지조차도 잘 모릅니다. 당신이 배우자에 대해 '잘 모르겠다'고 생각하는 건 십중팔구 그 배우자 본인도 잘 모르고 있을 겁니다.

그러므로 "당신, 내게 진짜 원하는 게 뭐야?" 같은 말을 해서는 안 됩니다. 그런 질문을 듣고 곧바로 대답할 수 있는 사람은 이 세상에 존재하지 않습니다. 그보다는 그 '잘 모르겠는 사람'이 항상 자기 옆에 있고 같이 밥을 먹고 수다를 떨고 함께 놀며, 기대고 싶을 땐 의지할 기둥이 되어 준다는 사실을 인식하시는 게 좋습니다. 이렇게 생각하는 편이 훨씬 더 감동적이라고 저는 생각합니다.

앞으로 오랜 시간 결혼생활을 하시는 과정에서 두 분 모두 문득 옆에 있는 배우자의 옆모습을 보면서 '이 사람은 도대체 누구지?' 하는 의문이 드실 겁니다. '내가 이 사람에 대해 별로 아는 게 없구나' 하고 불안할 때도 있을 겁니다.

이런 의문과 불안감은 생기기 마련입니다. 그때는 그 '잘 모르겠는 사람'과 나름의 세월을 서로 의지하며 지내올 수 있었다는 사실을 떠올리시면서, 그것이 오히려 '기적'이었음을 마음속으로 축복하시라고 조언 드리고 싶습니다.

다시금 두 분의 행복을 진심으로 기원드립니다.

이 책의 저자 우치다 타츠루는 서양철학, 그 중에서도 에마
뉘엘 레비나스 연구를 전문으로 하며 백 권이 넘는 책을 썼
는데, 그 중 많은 책들이 '타자' '관계' '커뮤니케이션'에 대
해 이야기하고 있습니다. 이 책 또한 결혼과 관련해 같은
주제를 다루고 있다고 볼 수 있습니다.

우치다 선생님의 매력은 '거침없는 해석력'에 있다고 봅
니다. 사회 표면에 드러난 현상의 이면을 그만의 방식으로
해석합니다. 난해한 것을 알기 쉽게 해석하는 것이 아니라,
'흔해 빠진 것'을 '또 다른 흔해 빠진 것'으로 재해석하면서
새로운 관점을 열어줍니다.

"고정불변의 자아가 존재한다고 믿고 계신 모양인데 사
실 그런 것은 존재하지 않아요" "아무도 당신에게 의지하

지 않는 삶이 좋으세요?" 같이 누구나 할 법한 고민에 대해 실존적 경험 위에서 정면으로 대응합니다. 어려운 개념이나 용어로 학자로서의 권위를 과시하지 않는 덕분에 독자들은 부담 없이 술술 읽을 수 있습니다.

"100퍼센트 전달되는 메시지는 무의미하고 공허한 것" "제대로 전달되지 않을 리스크가 있는 메시지야말로 가치 있는 것"이라고 어느 책에서 말했듯이, 평범한 주제를 다루고 있는 이 책에서도 저자는 듣기 좋은 인생상담류의 이야기는 하지 않습니다. 독자들 가운데는 저자의 관점에 동의하지 않는 경우도 있을지 모릅니다. 하지만 저자의 거침없는 해석이 양궁선수가 결승전에서 10점 과녁판을 명중시키는 순간처럼 독자의 마음을 꿰뚫을 때가 있는데, 이런 경험을 한 독자는 우치다의 팬이 되지 않을 수 없을 듯합니다.

몇 해 전 일본에서 교환학생으로 있으면서 고베시에 있는 개풍관에서 우치다 선생님을 직접 만날 수 있었습니다. 불쑥 찾아온 사람들과 성심성의껏 이야기를 나누는 유쾌한 모습에서 타인을 존중하는 자세가 몸에 배어 있음을 느낄 수 있었습니다.

학업을 마치고 일본의 한 회사에서 일을 하다 지난해 한국으로 돌아왔습니다. 세계적으로 일자리가 줄어드는 추세에서 청년들이 처한 상황이 크게 다르진 않겠지만 한국 청년들의 처지는 더 힘든 것 같습니다. 그래서 결혼을 미루거나 못하는 경우도 많은 줄 압니다. 더욱이 여성들의 경우는 결혼 후 맞닥뜨리게 될 여러 가지 불리한 조건들 때문에 더 그럴 것입니다. 육아와 교육 문제도 부모가 될 엄두를 내지 못하게 만드는 요인일 겁니다. 하지만 이런 사회일수록 결혼을 해서 함께 문제를 풀어가는 것이 낫다는 저자의 말을 진지하게 생각해볼 필요가 있다고 봅니다.

아직 미혼인 저는 늘 결혼을 상상하면서도 후회 없는 결혼을 하고자, 다시 말해 '진정한 나의 모습'과 가장 잘 맞는 상대를 찾고자 교제 상대를 자주 바꾸던 시기가 있었습니다. 그때마다 주고받는 마음의 상처에 대해서는 더 나은 미래를 위해 치러야 할 대가라고 생각하거나, 스스로 뛰어난 조정 능력을 발휘하는 과정이라고 생각했습니다. 이 책이 그 끝없는 챗바퀴로부터 저를 구출해주었습니다.

저는 이 책을 통해 '나와 타인' '나와 이 세상' '내가 알던 나와 내가 모르던 나'의 관계에 대해 전반적인 재점검을 하면서 다른 사람과 어떻게 관계를 맺어야 하는지 새로운 관점과 태도를 취할 수 있게 되었습니다. 이 책이 저처럼 결혼을 앞둔 젊은이들에게 많은 생각거리를 던져주면서 다른 사람과 관계 맺고 소통하는 어려움과 결혼에 대한 두려움을 덜어줄 거라고 생각합니다. 또 이미 결혼을 하신 분들은 힘든 결혼생활을 좀 더 유쾌하게 잘 꾸려갈 수 있는 비결(?) 같은 것도 얻을 수 있으면 좋겠습니다.

　이혼과 재혼을 경험한 우치다 선생님의 솔직한 경험담과 인류학적 지혜에 근거한 조언들이 아무쪼록 많은 분들에게 도움이 되길 바랍니다.

2017년 여름

박솔바로

지은이 **우치다 타츠루** 內田樹

레비나스 철학에 깊이 뿌리를 내리고 문학, 정치, 교육 등 다양한 분야에서 통찰력이 돋보이는 이야기를 들려주는 현대 일본의 대중적인 사상가. 지난 15년 동안 1백 권이 넘는 책을 펴낸 다작의 저자로도 유명하다. 타다 스승을 모시고 40여 년 합기도를 수련해오고 있는 그는 '개풍관'이라는 도장을 열어 무도 수련과 더불어 철학 강의도 하면서 새로운 공동체 모델을 만들고 있기도 하다. 『스승은 있다』, 『교사를 춤추게 하라』, 『하류지향』, 『어른 없는 사회』, 『푸코, 바르트, 레비스트로스, 라캉 쉽게 읽기』, 『청년이여, 마르크스를 읽자』 등 10여 권의 책이 한국어로 번역 출간되었다.

옮긴이 **박솔바로**

서강대학교 신문방송학과, 일본문화학과 졸업. 특수보직 중 하나인 일본어 어학병으로서 국제정보전의 첨병 역할을 하며 번역의 시의성과 가독성에 대해 고민하게 되었다. 일본 히토츠바시대학에서 수학하던 시절, 개풍관에서 우치다 선생과 만난 뒤 이 책을 번역하게 되었다. 현재는 동아시아 평화교류와 관련한 답사, 번역, 통역 활동을 꾸준히 하면서 동아시아 시민들의 원활한 교류를 위해 힘쓰고 있다.

. . . .

곤란한 결혼

초판 1쇄 발행 2017년 7월 17일
초판 4쇄 발행 2023년 1월 30일

지은이. 우치다 타츠루 | 옮긴이. 박솔바로
펴낸이. 현병호 | 편집. 김소아, 장희숙
디자인. 임시사무소
펴낸곳. 도서출판 민들레 | 출판등록. 1998년 8월 28일 제10-1632호
주소. 서울시 성북구 동소문로 47-15 | 전화. 02) 322-1603
이메일. mindlebook@gmail.com | 홈페이지. www.mindle.org

ISBN 978-89-88613-66-5(03810)   값 13,000원

민들레에서 펴낸 우치다 타츠루의 책들

어른 없는 사회

사회수선론자가 말하는
각자도생 시대의 생존법

길을 말한다.
시대에서 공생의 삶을 회복하는
혼밥 혼술이 유행하는 각자도생
나부터 어른이 되어 볼 것을 제안한다.
이기적인 사회가 되었다며 먼저
게을리한 결과, 집단적으로 미성숙하고
타인과 공생하는 능력을 기르는 노력을

스승은 있다

좋은 선생도 없고
선생 운도 없는 당신에게

귀띔해준다.
저마다의 스승을 만나는 비법을
없는 시대를 살아가는 불운한 세대에게
멘토와 강사는 넘쳐나지만 스승은
속에서 전개되는 연애와 닮았다.
거래가 아니라 서로에 대한 이해와 오해
배움은 지식과 대가를 주고받는

하류지향

성장 거부 세대에 대한
사회학적 통찰

사람을 기르는 방법을 말한다.
요구하는 인재가 아닌 공동체를 지키는
들여다보게 한다. 글로벌 기업이
'자기 찾기'라는 이데올로기 속 함정을
부추기는 개성을 살리는 교육의 이면과
현상을 분석하며 글로벌 자본주의가
청년들이 공부와 일로부터 도피하는

교사를 춤추게 하라

당신과 내가 함께
바꿔야 할 교육 이야기

해법을 이야기한다.
하는 일과 같은 교육개혁의 현실적인
자동차에 탄 채 고장 난 곳을 수리해야
생각해보게 한다. 고속으로 달리는
통찰은 교사의 역할에 대해 다시
교사가 더 훌륭한 교사가 될 수 있다는
신념에 찬 교사보다 갈등에 빠진